Marion Marksmeisje

Annika – Ruf der Freiheit

Ein sexpositiver Roman

AF284475

Annika steht für einen neuen Typus junger Frauen: Töchter von Müttern, die selbst bereits im Zeitalter weiblicher Selbstbestimmung aufgewachsen sind. Die monogame Versorgungsbeziehung hat als Lebensentwurf ausgedient, sie stehen beruflich auf eigenen Beinen, halten wenig von überkommener Moral und nichts davon, ihren Töchtern Beschränkungen aufzuerlegen, die sie selbst als junge Frauen nicht akzeptiert hätten.

Begleiten Sie Annika auf ihrer spannenden Reise von der schüchternen Studentin, die kaum Kontakt zu anderen hat, zu einer weltoffenen, selbstbestimmten jungen Frau. Lernen Sie ihre Wegbegleiterinnen kennen: ihre Mutter Gudrun, eine erfolgreiche Journalistin, ihre Halbschwester Petra und deren eigenwillige Vorstellung vom Leben, ihre Ärztin Susanne und ihre Freundin Claudia, die den Kopf immer oben behält, obwohl ihr das Leben nichts schenkt. Und natürlich auch die Männer, mit denen sie ihren Spaß haben. Alles flott aus der Perspektive der Frauen erzählt.

Auch wenn Annika eine Romanfigur ist und vieles verdichtet und auf die Spitze getrieben ist: Vielleicht gefällt ihr Zugang zum Leben doch der ein oder anderen Frau als Role Model, zumindest ein Stück weit.

Annika

Ruf der Freiheit

Ein sexpositiver Roman   Marion Marksmeisje

Die Handlungen und Charaktere dieses Buches sind ebenso wie die Autorin frei erfunden. Jede Ähnlichkeit mit realen Personen ist unbeabsichtigt. Alle dargestellten sexuellen Handlungen finden zwischen Personen über 18 Jahren statt.

Bibliographische Information der deutschen Nationalbibliothek:

Die deutsche Nationalbibliothek verzeichnet diese Publikation in der Deutschen Nationalbibliografie; detaillierte bibliografische Daten sind im Internet über http://dnb.dnbde abrufbar.

© 2021 Marion Marksmeisje

Herstellung und Verlag:

BoD – Books on Demand, Norderstedt

ISBN: 9783754351413

Inhalt

Vorfrühling

Im Morgengrauen

Annika erwachte schweißüberströmt, sie keuchte heftig. Es dauerte eine Weile, bis sie realisierte, dass sie in Wirklichkeit allein in ihrem Zimmer im Bett lag. Sie starrte auf die Decke, die Fetzen eines Traumes verflüchtigten sich rasch aus ihrem Bewusstsein. Sie blickte auf die Uhr: 5:15. Das Fenster ihres Zimmers stand einen Spalt offen, durch die nachlässig zugezogenen Vorhänge drangen die ersten Vorboten des Tageslichtes.

Als sie die Decke zurückschlug, machte sie der kalte Schweiß auf ihrer Haut augenblicklich frösteln. Sie knipste also ihre Nachttischlampe an, stand auf und schloss das Fenster. Ihr Blick fiel auf ihr Spiegelbild. Annika war nackt, sie hasste es, wenn sich im Schlaf Textilien an ihrem Körper verdrehten. Ihr langes blondes Haar war lose zusammengebunden, die Spange hatte sich gelockert, Strähnen hingen ihr wirr ins Gesicht. Sie mochte 1,65 groß sein, ihre Brüste waren klein und fest, ihr Becken schmal und knabenhaft. Sie war schlank an der Grenze zur Magerkeit, ihre Rippen traten deutlich hervor. Der kalte Schweiß auf ihrem Körper trocknete langsam.

Unwillig wandte sie sich ab und inspizierte ihr Bett. Sie würde wohl wieder ein frisches Leintuch brauchen, so wie öfter in den letzten beiden Monaten. Sie zog es also rasch ab und nahm es mit auf dem Weg in das Bad, das an ihr Schlafzimmer unmittelbar angrenzte, warf es achtlos unter das Waschbecken. Die Zugehfrau würde sich darum kümmern und frisch beziehen. Sie öffnete den Wasserhahn der Dusche und wartete die gefühlt endlosen Minuten, bis das heiße Wasser seinen Weg aus dem Boiler im Keller bis hierher gefunden haben würde.

Annika war jetzt zwanzig Jahre alt. Das Haus, in dem sie gemeinsam mit ihrer Mutter Gudrun und ihrer jüngeren Halbschwester Petra lebte, lag am Westufer des Starnberger Sees, nicht allzu weit von Schloss Possenhofen entfernt, in dem die letzte österreichische Kaiserin ihre Kindheit verbracht hatte. Genau genommen war es Annikas Haus, sie war Alleinerbin ihres Vaters, der kurz nach ihrer Geburt bei einem Autounfall ums Leben gekommen war. Ihre Mutter hatte ihr Vermögen bis zu ihrem 18. Geburtstag verwaltet und ein lebenslanges Wohnrecht im Haus.

Endlich lief das Wasser warm aus der Dusche, Annika stellte sich unter den weichen Strahl, der aus einer altmodischen Überkopfbrause kam, und nahm sich Zeit, die Spuren der Nacht gründlich von ihrem Körper abzuwaschen. Zeit, darüber nachzusinnen, warum sie in letzter Zeit öfter von derartigen feuchten Träumen geplagt war. Das alles lag doch nun schon Jahre zurück und spielte für ihr Leben keinerlei Rolle mehr, dachte sie. „Das alles", das war eine kurze, aber heftige Affäre mit Tarek, dem Vater Petras gewesen. Nach vierzehn Tagen war ihre Mutter dahintergekommen, hatte Tarek aus dem Haus geworfen und Annika in ein Mädcheninternat gesteckt, um ihr Abitur abzuschließen. Sie sann nach, wie lange sie das Thema Sex jetzt aus ihrem Leben ausgeklammert hatte, es mochten bald vier Jahre sein. Sie fragte sich wieder einmal, warum sich ihr Unbewusstes gerade jetzt zu Wort meldete.

Egal, Annika schob den Gedanken beiseite, spülte das Shampoo aus ihrem Haar, drückte es gründlich aus, schloss den Wasserhahn und trocknete sich mit einem der bereitliegenden Badetücher ab. Sie seufzte, als sie den Föhn von der Wand nahm und begann, ihr langes blondes Haar in Form zu bringen. Sie hatte schon öfter den Impuls gehabt, sich eine flotte kürzere Frisur schneiden zu lassen, war den Argumenten ihrer Friseurin dagegen aber letztlich nie gewachsen gewesen. Zwanzig Minuten später war sie endlich fertig, die Strähnen waren trocken und zu einem festen Zopf geflochten.

Annika schlüpfte rasch in Unterzeug, Jeans und ein Top, dazu einen flotten Blazer. Heute musste sie früh raus zur Uni nach München, wo sie im zweiten Semester Betriebswirtschaft studierte. Sie lief die Treppe hinunter in die Küche, um sich noch eine Tasse Kaffee zu nehmen. Zu ihrem Erstaunen saß ihre Mutter schon am Küchentisch. „Guten Morgen Gudrun, was machst denn du schon auf?", fragte sie, während sie sich an der Espressomaschine zu schaffen machte. Gudrun seufzte, sie mochte es nicht, wenn Annika sie mit Vornamen ansprach, obwohl sie kein überzeugendes Argument dagegen hatte. „Redaktionskonferenz zu unchristlicher Stunde. Guten Morgen, Kind", antwortete sie. Annika setzte sich mit ihrem Kaffee kurz zu ihr. „Und du?" „Vorlesung um acht. Leider kein Skriptum, also heißt es hingehen und mitschreiben."

„Soll ich dich mit dem Auto mit reinnehmen?" Annika überlegte, doch bei Gudrun wusste man nie, wann sie wieder nach Hause fahren würde. „Danke nein, ist lieb, aber ich hab lieber das Mofa am Bahnhof stehen, als dann am Abend zwei Stunden auf dich zu warten." Gudrun zuckte mit den Schultern. „Wie du möchtest. Wetter ist ja gut. Könnte bei mir heute tatsächlich später werden." Im Grunde war es Gudrun ganz recht, sie hatte noch ein vage Verabredung für den Abend und musste so keine Rücksicht auf ihre Tochter nehmen.

„Tschüss Gudrun, und viel Spaß beim …" Annika vollendete den Satz nicht, stellte ihre Tasse in die Spüle, winkte ihr noch einmal kurz und war dann schon unterwegs zur Garderobe. Kurz darauf war der unwillige Motor eines Mofas zu hören. Gudrun lauschte, bis das Motorengeräusch in der Ferne verklang. Sie war jetzt bald vierzig, doch es war ihr gelungen, ihre mädchenhafte Erscheinung fast unverändert zu erhalten, Annika war ihr wie aus dem Gesicht geschnitten. Sah man von der feinen aristokratischen Note ab, die Annika von ihrem Vater mitbekommen hatte. Und seinen sturen Kopf, dachte sie wehmütig. Annika hatte heftig pubertiert, auch das strenge Pensionat, in dem sie die letzten drei Schuljahre verbracht hatte, hatte ihren unbändigen Willen nicht brechen können. Annika forderte schonungslose Offenheit und ein Verhältnis auf Augenhöhe mit einer Direktheit ein, die Gudrun oftmals an ihre Grenzen trieb.

Claudia

Annika brauchte keine zehn Minuten zum Bahnhof von Possenhofen. Da sie grundsätzlich keinen Helm trug, fuhr sie einen kleinen Umweg über Nebenstraßen und Feldwege, um den Polizeistreifen auszuweichen, die sich bereits um den Morgenverkehr und die Schulwegsicherung kümmerten. Sie stellte ihr Mofa ab und betrat das ziegelrote Bahnhofsgebäude, das aussah, als wäre es noch aus dem neunzehnten Jahrhundert übriggeblieben. Der Zug war pünktlich, vierzig Minuten später kämpfte sie sich bereits am Münchner Marienplatz durch das Gewühl der Pendler zur U-Bahn durch. Um viertel vor acht hatte sie es endlich in den bereits gut gefüllten Hörsaal der Ludwig-Maximilian-Universität geschafft.

Sie richtete sich auf ihrem Platz in einer der vorderen Reihen ein und war froh, dass sie vor Vorlesungsbeginn noch ein paar Minuten zum Verschnaufen hatte. Daher antwortete sie nur abwesend mit „ja, ja", auf das „Guten Morgen, ist hier bei dir noch frei?" Es war eine weibliche Stimme, und die sprach unbarmherzig weiter: „Ich bin übrigens Claudia, hallo." Annika wandte sich ohne besonderes Interesse um und blickte in ein paar freundliche graugrüne Augen, die von einer rötlich-braunen Mähne eingerahmt waren. „Annika", antwortete sie mechanisch. „Aber sei bitte nicht böse, ich bin noch nicht kommunikationsfähig." „Okay", sagte die junge Frau und tat Annika den Gefallen, nicht mehr weiter auf sie einzureden.

Gegen zehn war die Vorlesung endlich zu Ende. Annika hatte den Vorfall schon längst wieder vergessen, doch ein freundliches „Geht's jetzt schon?" erinnerte sie daran, dass diese Claudia immer noch neben ihr saß. Sie drehte sich also nach links. Die junge Frau wirkte auch auf den zweiten Blick nicht unsympathisch. Annika, die von sich aus kaum Kontakt zu ihren Kommilitonen suchte, hatte auf der Uni noch kaum Bekanntschaften geschlossen, doch in diesem Augenblick schien ihr nichts dagegen zu sprechen, ihr Proseminar war erst am frühen Nachmittag. „Ja, gern, wenn ich dich mit meinem unmöglichen Benehmen nicht abgeschreckt habe", antwortete sie. „So leicht geht das bei mir nicht", antwortete die gut gelaunt. „Zeit für einen Kaffee?"

Die beiden machten sich also auf den Weg ins nahegelegene Kneipenviertel, bald hatten sie in einem Café eine gemütliche Ecke gefunden. „Ich hoffe, es ist okay, dass ich dich einfach so angesprochen habe", eröffnete Claudia mit unbekümmerter Direktheit das Gespräch. „Ich bin ganz neu hier in München, erst im Sommersemester eingestiegen, und da möchte ich natürlich ein paar nette Menschen kennenlernen." Claudias Akzent war schwer einzuordnen, aber jedenfalls von deutlich weiter nördlich. „Wo bist du denn her?", fragte Annika einfach. „Saarland. Ich hab dort im Herbst begonnen, aber ich hab mein ganzes Leben in Saarbrücken gelebt und wollte einfach mal raus. Ich hatte Glück und habe einen Tauschpartner gefunden, der sich genau ins Saarland verliebt hat." „Ins Saarland oder in eine Saarländerin?", fragte Annika schmunzelnd zurück. Claudia kicherte. „Doch wohl zweiteres, denk ich. Und mir war München sehr recht, obwohl ich auch Berlin genommen hätte, Aber ich wollte in eine richtige Großstadt."

„Gar nicht so einfach, hier Fuß zu fassen. Ich bin von hier aus dem Umland und kann daheim wohnen, aber ich stelle mir das schwierig vor, hier von null weg beginnen zu müssen. Wohnung, Freunde und alles." „Tja, Mut kann man sich nicht kaufen, und so leicht lasse ich mich nicht unterkriegen." Bald waren die beiden in ein intensives Geplauder vertieft, nahmen auch noch einen kleinen Mittagsimbiss, und Annika hätte beinahe ihr Proseminar übersehen. Sie wusste jetzt, dass Claudia Single war, in einem Studentenheim wohnte und ganz begierig darauf, ganz in die Großstadt und ihr pulsierendes Leben einzutauchen. Zum Abschied tauschten die beiden ihre Mobilnummern aus und versprachen einander, sich bald wiederzusehen. Annika wünschte Claudia noch viel Glück und kam gerade noch zum Proseminar zurecht. Volkswirtschaftslehre, eine Disziplin, bei der sie sich schon seit Tag eins fragte, was die mit dem wirklichen Leben zu tun hatte.

Heimweg

Annika ärgerte sich, dass sie nicht besser auf ihre Umgebung geachtet hatte, als der Polizist sie mit der Kelle an den Straßenrand winkte. Sie wusste, das Bußgeld für Fahren ohne Helm war nicht allzu hoch, aber sie hatte einen gewissen Ehrgeiz entwickelt, dabei nicht erwischt zu werden. Doch sie folgte dem Haltesignal, das Mofa hatte nicht nur ein Versicherungskennzeichen, sie war hier in der Kleinstadt auch zu bekannt, als dass sie unerkannt hätte davonkommen können.

„Guten Tag. Ausweis und Papiere bitte." Annika stieg ab, nahm ihren Rucksack ab und kramte das Gewünschte hervor. Sie wartete geduldig, als der Mann ohne Eile die Papiere prüfte, um das Fahrzeug herumging, Reifen und Kennzeichen kontrollierte. „Annika? Lang nicht mehr gesehen, wie geht es dir immer?", sagte er dann. Annika, die gar nicht richtig zugehört hatte, schaute den jungen Mann genauer an. „Jürgen?", sagte sie dann und schenkte ihm ein Lächeln. Das war nun wirklich lange her, der war mit ihr zur Gesamtschule gegangen, und die beiden hatten sich ein paar Wochen lang eingeredet, „miteinander zu gehen". „Das ist aber wirklich schon eine Weile her. Da schau, du bist bei der Polizei gelandet?" „Ja, und seit ein paar

Monaten Polizeimeister. Und was machst du immer?" „Ich studiere BWL in München, komme gerade aus der Vorlesung."

Er sah sie an. „Aber nicht den ganzen Weg in dieser Justierung auf dem Mofa?", fragte er fast besorgt. „Nein, nein, nur vom Bahnhof. Helm hat es nicht auf den Kopf geschafft, ich bin eh ganz zerknirscht." „Ihr wohnt immer noch da oben auf der Kuppe?", fragte er. „Du hast ein gutes Gedächtnis", gab sie zurück. „Meinst du, er findet jetzt auf den Kopf, der Helm?" Annika öffnete rasch das Top-Case, das auf dem Gepäckträger des Mofas montiert war, und kramte den alten Helm heraus, den sie für solche Fälle da drin lagerte. Jürgen nahm ihr den Helm aus der Hand, sah sie mitleidig an und zeigte auf einen Müllbehälter, der ein paar Meter weiter an der Straße stand. „Den wirfst du jetzt da hinein, und wenn ich dich wieder mal aufhalte, möchte ich dich mit etwas auf dem Kopf sehen, das die Bezeichnung Helm auch verdient." Annika schaute mit gut einstudiertem Blick der Zerknirschung zu Boden. „Und jetzt ab nach Hause mit dir, bevor es zu regnen beginnt. Und vielleicht mal ein Kaffee oder so?" Er drückte ihr zusammen mit ihren Papieren eine Karte in die Hand. „Machen wir", sagte Annika. „Ciao Jürgen, und danke."

Sie nahm ihren Rucksack auf den Rücken, startete das Mofa und machte, dass sie weiterkam, es sah tatsächlich nach Regen aus. Jürgen sah ihr lange nach, bevor er bemerkte, dass er den Helm noch in der Hand hielt. Er blickte sich um – es hatte wohl niemand mitbekommen – und warf ihn rasch in den Container. Sein nächster Klient, der Lenker eines Sportwagens, bekam seinen Ärger über sich selbst zu spüren und einen Punkt in Flensburg.

Annika hingegen fühlte sich in diesem Augenblick gut, richtig gut. Es war bereits das zweite Mal an diesem Tag, dass sie ihre Fraulichkeit, ja das Leben an sich, sehr deutlich gespürt hatte. Vielleicht sollte sie sich doch weniger mit sich selbst und mehr mit der Welt da draußen befassen, die schien ihr in diesem Augenblick doch einiges zu bieten zu haben.

Petra

Annika erreichte das Haus gerade noch, als die ersten Regentropfen zu fallen begannen. In der Garage war der Platz von Gudruns Cabrio leer, aber der Kombi, den sich die drei Frauen teilten und der auch für kleinere Transporte wie Gartenabfälle verwendet wurde, stand auf der anderen Seite. Eigentlich hatten sie Petra erst in ein paar Tagen von der Berufsschule zurückerwartet, zu der die mit dem Wagen gefahren war.

Annika stellte das Mofa ab und dachte noch daran, einen anderen auf einem Regal herumliegenden Helm in das Top-Case zu räumen. Sie hatte keine Ahnung, was diesem Jürgen an dem vorigen nicht gepasst hatte, und auch kein Interesse, es herauszufinden. So schnell würde sie ihm nicht wieder begegnen, zumindest nicht, wenn er im Dienst war. Die offenbar neue Kontrollstelle war leicht zu umfahren.

Als sie die Durchgangstüre zum Wohnhaus öffnete, hörte sie bereits gedämpft Musik aus dem Wohnzimmer. Sie stellte ihren Rucksack ab, schlüpfte aus den Straßenschuhen und ging barfuß, wie sie war, dem Lärm nach. Wie sie erwartet hatte, fläzte ihre Halbschwester Petra mit Limonade und Knabberzeug auf dem Sofa und ließ sich von irgend einem Musikkanal beschallen, der auf dem überdimensionalen Fernsehmonitor lief. Annika blieb eine Weile in der Tür stehen und betrachtete Petra: Sie war gerade achzehn geworden, ihr volles dunkles Haar trug sie offen, nur mit einem Band ein wenig zurückgehalten. Petra mochte 1,80 groß sein, einen guten Kopf größer als Gudrun und Annika. Ihr Teint war dunkler, ihr Knochenbau gröber, ihre Figur war deutlich fraulicher, ihre Brüste schwerer, ihr Becken ausladender als die der beiden anderen.

14

„Hey Sis, gerade mit Weiterbildung beschäftigt?", fragte Annika schließlich in den Raum hinein. Petra blickte auf. „Hey Sis. Du streberst eh für zwei", gab sie gelassen zurück. „Magst du?" Sie deutete auf ihre Knabberbox. Annika würdigte sie nicht einmal einer Antwort darauf. „Ich dachte, Berufsschule ist noch bis nächsten Freitag?" „Kann sein, ja", antwortete Petra ohne sonderliches Interesse. „Und Abschlussprüfung im Juni?" „Jetzt hör mal, du magst es genauso wenig wie ich, wenn sich jemand in deine Angelegenheiten einmischt. Glaubst du, ich will ewig in dieser Lehre hängen bleiben?"

Annika ging nicht weiter darauf ein, diese Diskussion war schon hundert Mal geführt worden, und es ging sie wohl wirklich nichts an. Petra hatte in der Familie ohnehin keine leichte Rolle, im Gegensatz zu Annika hatte sie von ihrem Vater nichts geerbt, sah man von dessen ausgeprägter Abneigung gegen regelmäßige Arbeit ab. Es fiel Annika ebenso wie Gudrun schwer, Petras ganz eigenen Zugang zum Leben zu akzeptieren, doch Annika hatte Gudrun auch klargemacht, dass existenzieller Druck auf Petra für sie nicht infrage kam. Ihre Schwester würde hier im Haus immer ihr Zuhause und ihr Auskommen haben. Petra stellte auch kaum Ansprüche mit Ausnahme ihrer Mitgliedschaft im örtlichen Reitverein, dem sie schon seit frühester Kindheit angehörte. Pferde waren ihre einzig erkennbare Leidenschaft. Die naheliegende Lösung, sich einen pferdewirtschaftlichen Beruf zu suchen, war bei ihr jedoch auf taube Ohren gestoßen. Ihrer gesetzlichen Ausbildungspflicht kam Petra durch Absolvieren einer kaufmännischen Lehre nach. Hier gab es auch keinen Anlass zur Klage, sah man von so lässlichen Sünden wie Schwänzen der Berufsschule ab. Annika glaubte tatsächlich nicht, dass Petra die Prüfung nicht bestehen würde, das passte nicht zur inneren Haltung ihrer Schwester, das Unvermeidliche mit minimalem Aufwand rasch zu erledigen.

„Egal, ich freue mich, dass du da bist. Mama ist heute vermutlich geschlechtsverkehren, bestellen wir zwei uns was Nettes zum Abendessen?" Petra lächelte. Das Wort hatte Annika als Reaktion darauf aufgebracht, dass Gudrun vulgärere Ausdrücke dafür im Haus nicht duldete. „Du, das ist ganz lieb von dir, aber ich bin auch gleich wieder weg. Auch – geschlechtsverkehren, wenn du es genau wissen willst. Auto brauchst du eh nicht?" Petra betonte das Wort auffällig, sie hielt das, wie so viele andere Auseinandersetzungen zwischen Annika und Gudrun, einfach für plem plem. Pardon: Partiell überspannt, wie man hier sagen musste.

Annika war in diesem Augenblick ehrlich enttäuscht, auch wenn sie sich nichts anmerken ließ, sie hätte gern einen Abend mit ihrer Schwester verbracht. Wenn Petra auftaute, konnte sie sehr amüsant sein. „Auto kannst du haben, und viel Spaß", sagte sie daher nur knapp. „Aber stell es nicht wieder mit zwei Litern im Tank zurück so wie letztens." Petra regierte nicht. „Bitte", setzte Annika nach. Petra hatte ohnehin wie die beiden anderen Zugang zu einem gemeinsamen Haushaltskonto, es ging mehr ums Tun als ums Bezahlen. „Ja, mach ich." Da Petra kein Interesse zeigte, die Unterhaltung mit Annika fortzusetzen, drehte sich diese mit einem „bis morgen, Sis" auf dem Absatz um und ging hinauf in ihr Zimmer.

Annika brauchte jetzt Zeit, um über diesen wechselhaften Tag nachzudenken. Sie beschloss, dies in einer heißen Badewanne mit einem duftenden Badeöl zu tun. Bald lag sie bei den Klängen leiser Musik im warmen Wasser. Ja, sie würde sich auch damit beschäftigen müssen, sich ein größeres Stück vom Leben abzuschneiden. Sie wusste zwar noch nicht genau, wie sie das anstellen wollte, aber sie würde jedenfalls den Kontakt zu dieser Claudia nicht abreißen lassen, die war bestimmt kein Kind von Traurigkeit.

Frühlings Erwachen

Früher Abend

Annika war wie immer zu früh dran und stand ein wenig frös-
telnd vor dem Gärtnertortheater. Claudia hatte sich schon am
Tag nach ihrer Begegnung wieder bei ihr gemeldet und gefragt,
ob sie an einem gemeinsamen Theaterabend interessiert sei.
Erst nach Annikas „ja" hatte sie dazugesagt, dass sie dazu auch
zwei junge Männer einladen wollte. „Ja, kein Problem", hatte
sie cool darauf geantwortet, obwohl sie sich fragte, ob sie mit
der Information vorweg überhaupt zugesagt hätte. Nun, es war,
wie es war, und sie versuchte sich selbst an ihr Vorhaben zu erinnern, mehr unter Leute zu gehen. Sie war jung und hübsch,
schließlich hatte sie sich fein zurechtgemacht, sie trug einen
kurzen schwarzen Rock, ein cremefarbenes Top unter ihrem
unvermeidlichen Blazer und Pumps mit ein wenig Absatz. Ihr
Haar hatte sie aufgesteckt, eine schlichte Perlenkette komplet-
tierte ihr Outfit.

Schließlich tauchten die drei auf. „Wow, fesch", begrüßte
Claudia sie. Claudia trug einen längeren Rock und dazu eine
lange Strickjacke, alles in rötlich braunen Tönen, die ihren Typ
gut unterstrichen. „Und das sind Paul und Ruben", stellte sie
die beiden jungen Männer in dunklen Hosen und Sportsakkos
vor. „Jungs, das ist Annika. Sie studiert mit mir BWL." Studiert mit mir, so so, dachte Annika, aber sie nickte den beiden
freundlich zu. „Freut mich, und – danke." Sie fühlte die aner-
kennenden Blicke der beiden Männer. „Na dann wollen wir?
Wir sind schon spät." Zu viert stellten sie sich in die kurze
Schlange am Einlass. Es wurde Schnitzlers „Professor Bernhar-
di" gegeben. Annika hatte vage Erinnerungen an eine Werkbe-
sprechung am Gymnasium und sich am Nachmittag noch ein
wenig in den Stoff eingelesen. Bald saßen sie auf ihren Plätzen.

Auch wenn sie auf Claudias Vorschlag „gemischt" saßen, waren Annikas Bedenken unbegründet: Die beiden wussten sich zu benehmen, und in der Pause war sie froh, mit den drei sichtlich belesenen jungen Menschen einigermaßen mithalten zu können.

Nach dem Theater

„Wollt ihr schon heim, oder noch einen trinken gehen." Es war bereits nach halb elf, und die von Claudia so flockig in den Raum gestellte Frage traf Annika unvorbereitet. Lange würde die S-Bahn nicht mehr fahren. Doch die Neugier siegte. „Gern", sagte sie einfach. Die beiden Jungs waren sowieso dabei, bald saß man in einer gemütlichen Kneipe in der Nähe des Theaters.

Nach dem besseren Teil einer Stunde gemütlichen Plauderns wurde immer klarer, dass jedenfalls Claudia nicht gesonnen war, die Nacht alleine zu verbringen. Sie war sehr zu Annikas Amusement sehr geschickt darin, Ruben, einen hübschen jungen Mann mit fein geschnittenen Zügen und kurzem dunklen Haar, so einzuwickeln, dass der zum Schluss glaubte, selbst eine Eroberung gemacht zu haben. Ein bisschen mehr Schwierigkeiten bereitete ihr der Umstand, dass Paul begann, an ihr selbst mehr als nur oberflächliches Interesse zu zeigen. Claudia war da auch nicht hilfreich, als sie einfach mit Ruben aufbrach. „Ihr beiden kommt schon zurecht", sagte sie nur. „Schon okay, ich zahle für dich mit, ich schulde dir eh noch die Theaterkarte." „Okay", nickte Claudia, „bis bald mal."

Die beiden saßen einander schließlich beide eine Weile schweigend gegenüber. Annika entschloss sich bald, es einfach mit Offenheit zu versuchen. „Du Paul, es ist nicht so, dass ich dich nicht sympathisch fände oder vielleicht auch mehr als das. Ich bin nur auf die Situation gar nicht vorbereitet gewesen und schaffe das nicht so schnell." Paul lächelte sie aufmunternd an. „Mir geht es ähnlich mit dir", sagte er schließlich. „Ich denke, du bist eine Frau, die es wert ist, ihr die Zeit zu geben, die sie braucht." Auf diese Worte war nun Annika auch nicht vorbereitet gewesen, aber sie berührten sie in diesem Augenblick bis ins Innerste. Der Punkt war nur der: Wie Frau Über-ich ihr gerade ausführlich erklärte, hatte sie weder irgendwelche Vorstellungen von Verhütung, noch auch nur einen vagen Plan, wo sie gerade in ihrem Zyklus stand. Sie lebte in der Hinsicht einfach in den Tag hinein. Sie würde sich wohl mit dem Thema auseinandersetzen müssen.

„Zahlen bitte." Irgendwie schien zwischen den beiden alles gesagt, Annika winkte dem Ober, die beiden teilten sich einfach die Rechnung. „Ich bin leider auch nur mit der U-Bahn da, ich kann dich nirgends hinbringen", sagte Paul, als sie schon auf der Straße standen. „Schon okay, ich komme zurecht. Möchtest du noch Telefonnummern tauschen?" Paul nickte, sie hielten ihre beiden Mobiltelefone aneinander, zwei kurze Pieps bestätigten, dass diese verstanden hatten, was gewünscht war. „U-Bahn?", frage er. „Nein, ich nehme mir ein Taxi."

Paul wartete noch, bis der Wagen da war, und hielt ihr den Wagenschlag. „Gute Nacht, Annika, und ich hoffe, das war nicht unsere letzte Begegnung." „Gute Nacht, Paul, und ich denke nicht, dass es das war", lächelte sie ihm zum Abschied zu. Sie wandte sich dem Fahrer zu und nannte ihm die Adresse. „Das ist aber außerhalb des Taxameterbereiches. Ich fahre Sie um 80 fix." Annika musste sich die Worte Gudruns in Erinnerung rufen: „Wenn du spät nachts wo strandest und ein unsicheres Gefühl hast, kommt es nicht auf das Geld an. Nimm dir ein Taxi, du kannst dir das leisten, und du solltest es dir selbst wert sein." „In Ordnung", sagte sie daher nur. „Wollen Sie Vorkasse?" „Nein, das passt schon." „Ich hätte nur eine Bitte: Ich bin müde und nicht mehr kommunikationsfähig. Fahren Sie einfach, Sie brauchen mich dabei nicht zu unterhalten." „Geht klar, die Dame." Eine halbe Stunde später war Annika etwas aufgewühlt, aber wohlbehalten daheim.

Am nächsten Morgen

„Wie war dein Abend, Annika? Hast du dich gut mit den jungen Leuten amüsiert?" Es war Samstag, Gudrun und sie saßen bei einem ausgiebigen späten Frühstück zusammen. „Das Theater war gut, sehr gut sogar, fand ich, und die drei waren überraschend nett und vor allem sehr belesen. Ich war froh, mich noch ein wenig vorbereitet zu haben." Gudrun betrachtete ihre Tochter eine Weile, es waren Nuancen in ihrem Verhalten, ihrer Stimme, ihren Bewegungen, die der Mutter verrieten, dass da noch ein wenig mehr war. „Du warst spät. Seid ihr danach noch ein wenig zusammengesessen?" „Hmm ja, so lange, dass ich die S-Bahn versäumt habe und mit dem Taxi fahren musste."

Gudrun konnte warten. Annika sah aus, als ob sie gleich zerplatzen würde. „Gudrun, gehst zu noch zu dieser – wie hieß sie doch gleich – Dr. Müller oder so?" Gudrun blieb äußerlich ruhig, doch sie war in diesem Augenblick froh, dass ihre konsequente und offene Aufklärung bei ihren Töchtern doch auf einigermaßen Resonanz stieß. „Ja, warum fragst du? Du hast sie doch gehasst, als ich dich einmal dahin mitgenommen habe." Annika brauchte eine Weile, ehe sie antwortete. „Vielleicht, weil ich einfach eine Ärztin brauche? Ich hab da ein paar Sachen abzuklären. Oder weißt du eine andere?" Gudrun schmunzelte. Auf einmal war ihre ach-so-coole Tochter wieder sehr Kind. Zeit, ein wenig auf den Busch zu klopfen.

„Am Ende gar in einen der jungen Männer verguckt?", fragte sie. Annika schluckte, bis sie sich selber bewusst machte, dass das genau die Art von Offenheit war, die sie ständig bei ihrer Mutter einforderte. Nun gut. Sie brauchte nicht lange, Gudrun die Geschichte relativ nüchtern zu erzählen. Gudrun überlegte fieberhaft, wie sie ihrer Tochter am besten raten könnte. Frau Dr. Müller, ihre Frauenärztin, seit sie denken konnte, war mittlerweile in Ehren ergraut und eigentlich schon im Pensionsalter. Nicht, was sich ein junger und so wacher Geist wie ihr störrisches Kind wohl als Ratgeberin wünschen würde.

„Einen Moment bitte", sagte Gudrun schließlich, ging ins Vorzimmer und begann in einer Lade zu kramen. Schließlich schien sie fündig geworden, sie kam mit einer Visitenkarte zurück. „Dr. Müller könnte bald deine Großmutter sein. Nicht nur vom Lebensalter, sondern auch von ihrer Einstellung zu gewissen Fragen. Mir schiene es in deinem Fall vernünftiger, wenn du zu einer etwas weniger – voreingenommenen – Ärztin gingest." Sie wartete eine Weile, reichte die Karte dann weiter. „Die hat mir eine junge Redaktionskollegin einmal gegeben, das ist die Karte ihrer Schwester. Sie wird jetzt um die Mitte 30 sein. Vielleicht magst du die mal versuchen?" Annika betrachtete die Karte, es war eine Webpage darauf genannt. „Danke, ich werde sie mir ansehen." Sie grübelte eine Weile nach. „Voreingenommen – in welcher Weise?" Gudrun sah ihr Kind eine Weile an. „Sagen wir es vielleicht so: Freizügige junge Frauen sind nicht das, was sie für einen Fortschritt hält. Außerdem würde ich mir wünschen, dass du dich umfassend und zeitgemäß informieren kannst, bevor du deine eigenen Entscheidungen triffst. Ob die mir nun besser oder schlechter gefallen." Gudrun biss sich auf die Lippe, den letzten Satz hätte sie wohl nicht sagen sollen. Annikas Augen blitzten gefährlich, das war wohl sehr nahe an dem unaufgearbeiteten Punkt zwischen ihnen. Doch für den Augenblick geschah nichts weiter. „Danke für deinen Rat, Gudrun", sagte Annika einfach. Na, immerhin.

Frühstück mit Claudia

Annika und Claudia hatten nach der nächsten BWL-Vorlesung wieder beschlossen, miteinander zu frühstücken. Diesmal hatten sie ein Tischchen vor einem kleinen Café ergattert, in ihren Jacken ließ es sich in der schon kräftigen Vormittagssonne aushalten. Nach dem Theaterabend gab es natürlich viel zu bereden. „Wie war es mit Ruben", fragte Annika recht unverblümt. Claudia schmunzelte: „Ein netter Abschluss des Abends, ja. Sehr nett sogar. Am nächsten Vormittag musste die Uni mal eine Pause machen." Annika mochte diese offene Art, wie Claudia zu sich selbst stand. „Und, wirst du ihn wiedersehen?" Claudia dachte eine Weile nach. „Denke schon", antwortete sie ein wenig ausweichend. Sie wollte Annika in diesem Augenblick nicht wissen lassen, dass sie nicht im Heim, sondern in einer billigen Absteige wohnte und daran arbeitete, bei Ruben unterzukommen. Sie zögerte einen Moment, bis sie weitersprach. „Ich stehe einfach auf Sex, ich brauche dazu keine Liebe, ich brauche eher Kerle, die wissen, was sie tun." Sie checkte Annikas Reaktion. Wie sie erwartet hatte, war die nicht sonderlich erschüttert, sondern eher neugierig.

„Und bei dir?", setzte Claudia nach. „Der Paul war ja schon auch mehr als nur interessiert." Annika schmunzelte. „Ich hätte es vielleicht passieren lassen, ja. Allerdings gab es da ein handfestes Problem." „Roter Farbe?", fragte Claudia nach. Annika musste lachen. „Nein, das nicht, aber ich muss mich erst mal um ein paar Vorkehrungen kümmern." „Echt jetzt, im zweiten Semester Studentin, und das hat dich unvorbereitet getroffen? Nicht mal ein Gummi in der Handtasche?" Annika wusste selbst nicht genau, warum, aber sie spürte, dass sie ein wenig rot wurde. „Ich habe zur Zeit keinen Sex", sagte sie dann einfach. Claudias Ausdruck wechselte auf interessiert. „Hmm ja, das ist natürlich etwas anderes. Magst du mir mehr darüber erzählen?"

Als Annika mit der Geschichte über Tarek und das Internat fertig war, nahm sie Claudia sachte an der Hand. „Du, tut mir leid, wenn ich zu forsch rübergekommen bin. Ich neige immer dazu, von mir gleich auf alle anderen zu schließen." „Bist du nicht, keine Angst", antwortete Annika. „Ich fühle mich ja selbst gerade in einer Umbruchphase. Aber alles an einem Abend, das war mir dann doch zu viel auf einmal. Ich bin im Wintersemester nicht einmal ausgegangen." Claudia wartete eine Weile, dann wagte sie doch nachzufragen: „Sag, wo und wie lebst du eigentlich? Ich glaub, das ist schon sehr anders als meine Welt."

Annika beschrieb ihre Situation in kurzen Worten. Während des Redens wurde ihr zum ersten Mal bewusst, dass das, was sie für ganz normal hielt, da draußen in der Welt als unglaublich privilegiert wahrgenommen werden musste. Diese hübsche junge Frau war auf ein wenig Unterhalt ihres Vaters und die BAFÖG angewiesen, lebte wohl in einem winzigen Zimmer und jobbte samstags irgendwo für das bisschen Extras wie Ausgehen oder Theater. Doch Claudia hütete sich, das zu kommentieren. „Hmm, jetzt verstehe ich dich schon viel besser. Aber du sagtest, du möchtest jetzt Vorkehrungen treffen?" „Zumindest mal mit einer Ärztin drüber reden. Nächste Woche habe ich Termin." „Ja, wirst schon das richtige für dich finden. Und mit deinem Aussehen laufen dir die Männer schon nicht davon. Aber jetzt was anderes: Was gibt es denn heute hier zu Mittag, ich habe Hunger." Mit Brathähnchen, Reis und Gemüse konnten sich beide gut anfreunden, zehn Minuten später waren sie schweigend mit Essen beschäftigt. Auch Annika, die nie frühstückte, hatte mittlerweile Hunger.

Als die Kellnerin eine Stunde später die Rechnung brachte und „zusammen oder getrennt" fragte, hätte es Claudias raschen „getrennt bitte" nicht bedurft. So viel Sozialkompetenz hatte Annika schon: Claudia mochte nicht reich sein, aber sie hatte ihren Stolz.

Bei der Ärztin

Annika fühlte sich vom ersten Augenblick an wohl, als sie die kleine Ordination in einem der südlichen Vororte Münchens betrat. „Du bist Annika?", nahm sie eine junge Sprechstundenhilfe gleich in Empfang. Das mit dem du hatte man schon am Telefon abgeklärt, was Annika sehr sympathisch fand. „Ich bin

Anna. Ein paar Minuten noch bitte, Susanne hat sich wohl wie so oft ein wenig verplaudert. Ich mache sie mal vorsichtig aufmerksam." „Kein Stress", sagte Annika und setzte sich auf einen der freien Stühle im Wartezimmer. Susanne, das war die Ärztin.

Ein paar Minuten später wurde sie bereits ins Sprechzimmer gebeten. „Annika? Schön, dich kennenzulernen, ich bin Susanne, komm doch erst mal rein und nimm Platz." Annika hatte zu der Ärztin, einer quirligen, dunkelhaarigen Frau im weißen Kittel, mit lächelnden Augen und einer Nickelbrille auf der Nase, vom ersten Augenblick an Zutrauen. Susanne war recht geschickt darin, Annika die erste Befangenheit zu nehmen, indem sie erst einmal den Patientenbogen mit ihr durchging. „Und um was soll es heute gehen?", fragte sie schließlich. „Nur eine allgemeine Kontrolle, oder hast du speziellere Themen?" Annika holte tief Luft. „Ich möchte mich gern über Verhütungsmöglichkeiten informieren. Ah ja, und auch über sexuell übertragbare Krankheiten." Susanne lächelte aufmunternd. „Ein konkreter Anlass?", fragte sie nach. Annika fiel es leicht, ihr die Geschichte von dem Theaterabend zu erzählen. „Na das war doch ein schönes Erlebnis. Und ein bisschen hast du deine Freundin schon beneidet, dass sie so freizügig agieren konnte, nicht wahr?"

Annika schluckte. Manchmal blendete es ein wenig, wenn man einen so glatt polierten Spiegel vorgehalten bekam. Susanne merkte die momentane Befangenheit. „Ist es okay, wenn wir jetzt mal die Untersuchung einschieben und nachher weiterreden?" Annika nickte. Nach zehn Minuten hatte sie es überstanden, Susanne ermunterte sie, sich Zeit zu nehmen, sich wieder richtig anzuziehen. Schließlich saßen die beiden einander wieder gegenüber.

„Also erst mal: Alles bestens in Ordnung, Ergebnis vom Abstrich gibt es in ein paar Tagen, aber ich erwarte da nichts. Geschlechtsverkehr hattest du schon", konstatierte Susanne.

„Wie bist du da mit dem Thema umgegangen?" Annika wurde ein wenig rot. „Mehr Glück als Verstand", sagte sie und erzählte in knappen Worten die Geschichte von Tarek. „Und seitdem?", fragte Susanne nach. „Nichts mehr. Ich war am Internat und habe dort gelernt, ganz gut mir selbst zurechtzukommen. Erst in den letzten Monaten ..." Sie erzählte auch die Geschichte von ihren feuchten Träumen.

Susanne nickte. „Irgendwann meldet sich die weibliche Natur wieder zu Wort, da braucht es manchmal nur einen kleinen Schubs. Und dein irgendwann ist jetzt. Du weißt noch nicht genau, was du damit anfangen sollst, aber du möchtest vorbereitet sein und agieren können." Wieder diese kleine Blendung des glatt polierten Spiegels. „Wenn man es so nüchtern formuliert, dann – ja", sagte sie einfach. „Finde ich voll okay", sagte die Ärztin. „Also hör mal zu, es gibt eine Reihe von Möglichkeiten und Überlegungen."

Nach einer weiteren halben Stunde hatte sich Annika entschieden und auch das Gefühl, das richtige zu tun: Hormonelle Verhütung in Form einer Dreimonatsspritze. „Das hat auch den Vorteil, dass du kaum noch Blutungen haben wirst." „Und das ist unbedenklich?", fragte Annika nach. „Wenn du okkulten Sekten anhängst, die was von Mond und reinigendem Blut erzählen, dann nicht. Aber evidenzbasiert gibt es keine Hinweise auf Schäden. Und wenn du dich damit wohlfühlst, gibt es dann auch längerfristige Lösungen. Nicht, dass ich dich nicht gern alle drei Monate hier sehen würde", schmunzelte Susanne. Gegen Geschlechtskrankheiten empfahl Susanne ihr eine gut wirksame Mehrfachimpfung mit HIV-Schutz. „Damit bekommen wir die guten alten Zeiten wieder zurück, von denen mir meine Oma immer mit leuchtenden Augen erzählt. Keine Gummis, gute Verhütung, keine Angst vor Krankheiten." „Wann war das?", fragte Annika. „Die 1970er und 1980er. Die Pille gibt es seit den 1960ern, und HIV ist erst seit den 1990ern ein Thema." Annika staunte, sie war all dem groß geworden und hatte sich noch keine Gedanken gemacht, dass die Dinge nicht immer schon so gewesen waren.

„Gut, und wie gehen wir das konkret an?", fragte Annika. Susanne schmunzelte. „Eine rechts, eine links. Wenn du willst, gleich jetzt und hier." Annika nickte. „Klingt vernünftig, es kann losgehen." Eine Viertelstunde später war sie fertig und mit dem Rat versehen, bezüglich Verhütung noch ihre nächste Blutung abzuwarten. Bis dahin würde auch die Impfung ihre volle Wirksamkeit entfalten. Annika fühlte sich gut und erleichtert, die paar Hunderter, die das alles gekostet hatte, fand sie gut investiert, und es schien ihr, als würde soeben ein neuer Abschnitt in ihrem Leben beginnen.

Frühlings Blüte

Vorfreude

„Heute treffe ich ihn wieder, ihr könnt euch gar nicht vorstellen, wie aufgeregt ich bin." Petra verdrehte die Augen, sie wäre nie auf die Idee gekommen, aus ihren gelegentlichen Dates so eine Affäre zu machen. Bei Annika schien das alles irgendwie viel komplizierter und aufregender, und ihre Mutter schien auch lebhaften Anteil zu nehmen. „Petra, benimm dich bitte, oder geh. Hier an diesem Tisch darf jede über alles sprechen, auch du." Gudruns Stimme war so schneidend, wie Annika sie schon Jahre nicht mehr gehört hatte. „Entschuldigung", murmelte Petra, blieb aber darüber hinaus stumm und beschäftigte sich damit, Unmengen Schokoaufstrich auf ihr Croissant zu schmieren.

„Na was habt ihr denn vor?", fragte Gudrun. „Erst mal Nachmittag im Englischen Garten. Da kann ich das Date mal auf mich wirken lassen und hab dann noch einen Entscheidungspunkt. Ich überlege nur die ganze Zeit, was ich anziehen soll. Irgendwas Schickes, aber was?" Gudrun überlegte, entschied sich aber dann dafür, mit ihrer Meinung nicht hinter den Berg zu halten. Annika wollte das ja so. „Ich will deine Euphorie ja nicht bremsen, aber überlege mal einen Augenblick, welche Botschaft du damit aussendest." „Feel good?", antwortete sie. Annika wusste nicht, worauf ihre Mutter hinauswollte.

„So würde das vielleicht bei einer Frau ankommen", antwortete Gudrun. „Aber worauf könnte es der Mann leicht reduzieren?" „Hmmm, dass ich ihm gefallen will?" Gudrun nickte. „Und jetzt denk noch ein Stückchen weiter, was das aus deiner Perspektive bedeutet." Annika grübelte eine Weile, bevor es ihr dämmerte „Ich lege die Karten unnötig früh auf den Tisch?"

„Wow, welch Erkenntnis", konnte sich Petra nicht beherrschen einzuwerfen, den vernichtenden Blick Gudruns ignorierte sie.

„Aber was heißt das jetzt für mich?", fragte Annika schließlich kleinlaut, weil Petra das offenbar alles schon wusste. „Petra, möchtest du hier auch etwas Konstruktives beitragen und deiner Schwester helfen?", fragte Gudrun in Richtung Petras. Der fiel vor Schreck das Messer aus der Hand und mit lautem Scheppern auf den Fußboden, wo die Schokolade deutliche Spuren hinterließ. Plötzlich verschwand ihr uninteressierter Ausdruck, ihre Augen wurden wach und klar. „Was meinst du, Mom? Wie man sich so herrichtet, dass es wirkt, ohne dass der Mann es merkt?" Gudrun nickte nur, war das nicht offensichtlich? „Klar Sis, wenn du dir nicht zu gut bist, von mir was anzunehmen." Annika war über diesen Satz fast erschrocken, sie hatte nicht gewusst, dass sich Petra ernsthaft zurückgesetzt fühlte. „Gern, Sis", sagte sie daher nur leise.

Gudrun schaute den beiden Mädchen nach, als sie die Treppe nach oben stürmten. Es war nicht einfach, Mutter zweier junger erwachsener Frauen zu sein, dachte sie bei sich, aber warum sollte es das auch? Sie fand, sie hatte die Situation recht gut gelöst. Sie ging also ein Tuch holen, hob das Messer auf und wischte die Schokolade vom Boden – ein geringer Preis, wie sie dachte.

Zu dritt

„Und wie ist es, Paul, heute kriegst du die Prinzessin rum?" Es war nach acht Uhr früh, Claudia räkelte sich so, wie sie die Natur geschaffen hatte, auf dem Bett, das sie gerade mit Paul und Ruben teilte. Eigentlich hauptsächlich mit Ruben, doch Paul war gestern Abend irgendwie bei ihnen in Rubens Wohnung picken geblieben. Sie hatten ihm einen Schlafplatz auf dem Sofa angeboten, irgendwann in der Nacht war er dann doch bei ihnen gelandet, weder Claudia noch Ruben nahmen das so genau.

Paul nahm einen tiefen Zug von der Zigarette, die sich die drei teilten. „Mal sehen. Aber sag mal Claudia, hast du schon herausgefunden, ob die noch Jungfrau ist?" Claudia lachte. „Nein, ist sie nicht, aber auch nicht viel mehr als das. Wirst sie schon führen müssen. Aber du bist ja ein sensibler Kerl, ich mag sie und würde mir wünschen, dass es ein schönes Erlebnis für sie wird." „Sonst noch was, oder war es das dann?", fragte er gut gelaunt. Claudia boxte ihn ein wenig in seine Rippen. „Mach wie du glaubst, wenn du so klug bist. Aber du hast gefragt." Sie nahm den letzten Zug der fast abgebrannten Zigarette und dämpfte sie im Aschenbecher aus.

„Aber jetzt werfen wir dich raus, bevor du hier noch einmal geil wirst. Wenn alles klappt, wirst du deine – Manneskraft – heute noch brauchen." Paul zog einen Schmollmund, doch dann stand er seufzend auf. „Und ein bisschen vorschlafen sollte ich wohl auch noch. Bleibt nur, ich finde den Weg." Damit zog er sich rasch an und verließ die Wohnung, duschen würde er in Ruhe zu Hause. Claudia wartete, bis sie die Eingangstüre ins Schloss fallen hörte, dann zog sie Ruben wieder zu sich: „Aber du, du hast heute nichts anderes vor, oder?" Ruben kicherte. „Und wenn, hättest du es mir gerade ausgeredet, Süße."

Im Englischen Garten

Es war ein wunderschöner Frühlingsnachmittag. Es war unglaublich, wie viele Menschen, vor allem junge Leute, in Münchens riesige, so zentral gelegene Parkanlage geströmt waren. Einige früh austreibende Bäume standen schon in voller Blüte, in den Beeten standen bereits die Frühlingsblumen, und die Vielfalt von Aktivitäten, denen die jungen Leute nachgingen, war verblüffend. Es war Annikas erster Frühsommer in München, und sie konnte Claudia mittlerweile gut verstehen, die sich aus der Enge ihrer Provinzstadt hierher gewünscht und sich diesen Traum auch verwirklicht hatte.

Annika hatte schließlich den Rat der anderen beiden beherzigt und der Versuchung widerstanden, sich besonders herzurichten. Sie trug wie immer auf die Uni ihre Jeans und ein Top, dazu einen ihrer flotten Blazer und flache Pumps. Das Haar trug sie allerdings offen, von einem Reifen gehalten. Dazu hatte sie sich ein wenig und sehr unauffällig geschminkt. Petra hatte sich dabei als sehr kenntnisreich und routiniert herausgestellt, sie würde sich bei ihrer Schwester irgendwie revanchieren müssen. Doch alles der Reihe nach. Sie war, wie sie seufzend feststellte, wie immer zu früh, also wartete sie an einer unauffälligen Stelle in der Nähe des vereinbarten Treffpunktes am Monopteros.

Die Mühe hätte sie sich allerdings sparen können, denn Paul war offenbar auf eine ähnliche Idee verfallen, und sie wäre beinahe in ihn hineingelaufen, er konnte nicht umhin, sie aufzufangen. Was sich nach einer ersten Schrecksekunde verdammt gut anfühlte, wie Annika sich eingestehen musste. „Hallo", sagte sie schließlich einfach, nachdem sie sich wieder von ihm losgemacht hatte. Damit hatten sich auch ihre Überlegungen in Luft ausgelöst, wie sie ihm begegnen sollte. „Hallo Annika." Gut, begrüßt hatte man sich. „Gehen wir einmal mal ein Stück", schlug er vor, als er ihre Befangenheit bemerkte. Sie war dankbar, dass er sie dabei nicht berührte und darauf achtete, dass sie stets genug Raum um sich hatte. Sie begann sich wohl zu fühlen, bald floss das Gespräch zwischen ihnen, und es war dann sie, die es das ein oder andere Mal in Richtung eines kleinen Flirts trieb. Paul nahm die Bälle recht geschickt an und spielte sie treffsicher zurück, ohne ihr damit aber weh zu tun. Kurz fragte sie sich, wie viele Frauen er in seinem Leben wohl schon gehabt hatte. Doch war das im Augenblick nicht gleichgültig?

Sie kamen am Bootsverleih am Kleinhesselohrer See vorbei. „Hast du Lust?", fragte er. „Ja gern"; sagte sie, da ihr kein Argument dagegen einfiel. So ließ sie sich von ihm den besseren

Teil einer Stunde um die beiden dicht bewaldeten Inseln in diesem kleinen Gewässer rudern und nahm die Ruhe und die Natur um sich mit allen Sinnen auf. Es tat ihr gut, dass er es über längere Zeiträume einfach aushielt, nicht miteinander zu sprechen.

Sie schlenderten ziellos weiter, vage Richtung Norden. Schließlich kehrten sie in einem der Biergärten ein, bestellten Abendessen. Annika wurde sich plötzlich dessen bewusst, dass wohl sie es allein in der Hand hatte, wo der Abend hinführen würde. Dass seine Frage ausbleiben würde, schloss sie aus, also war es Zeit, über eine Antwort darauf nachzudenken. Oder war es das? Hatte sie sich die nicht in Wahrheit schon gegeben, als sie dem Treffen zugestimmt hatte? Aber noch wichtiger: Was gäbe es noch herauszufinden, wovon könnte sie eine Entscheidung noch abhängig machen? Es war ja nicht mehr so wie beim ersten Mal, wo sie faktisch nicht handlungsfähig war. Sie fragte sich, ob sie – wäre sie in der Lage gewesen – schon damals in seinem Bett gelandet wäre. Jedenfalls führte jeder Versuch einer Rationalisierung ins Leere. Sie musste sich schon darauf verlassen, was sie selbst wollte. Frau Über-Ich schien nicht zugegen, jedenfalls schwieg sie eisern.

Schließlich war es leicht und fast zu banal. Sie kamen an einen U-Bahnhof. „Darf ich dich noch zu mir einladen?", fragte Paul an der Sperre. „Ja gern", sagte sie einfach, und es war, als ob eine Last von einigen Tonnen von ihr abfiel. Sie fühlte sich leicht und frei. Und unglaublich feminin.

Bei Paul

Seine Wohnung lag nicht allzu weit entfernt. Sie war klein, aber zentral gelegen, und durchaus geschmackvoll und zweckmäßig eingerichtet. Ein großer Wohnraum mit einer Küchenzeile, ein separates Schlafzimmer. „Möchtest du etwas trinken?", fragte er. „Mmh, später", sagte sie. Die Art, wie sie ihn dabei ansah, sagte ihm wohl alles. Annika war jetzt entschlos sen, und ihre Coolness reichte nicht mehr dafür, noch länger zu warten.

„Okay, wenn ich dich berühre?", fragte er. Annika brauchte einen kleinen Augenblick, um sich an die Regeln des Consensual Sex zu erinnern, der mittlerweile unter den jungen Leuten zur Selbstverständlichkeit geworden zu sein schien. „Frag nichts mehr, liebe mich einfach", sagte sie und es war in diesem Augenblick das, was sie empfand.

Sie hätte danach nur wenig von dem detailliert beschreiben können, was die nächste halbe Stunde passierte. Sie ließ sich vollkommen auf Pauls Führung ein, einzelne Streiflichter blieben an ihr haften: Wie sie plötzlich vollkommen nackt vor ihm stand; wie er sie zärtlich auf sein Bett hob; der Augenblick der Penetration; die unglaubliche Intensität, mit der sie den Liebesakt empfand; der kurze Moment vollkommener Klarheit, als sie zum ersten Mal seinen Samen empfing; das Beben danach in seinen Armen, ihre Hand in der seinen, das Gefühl der vollkommenen Geborgenheit.

Sie machten sich nicht die Mühe, sich danach wieder anzuziehen. Paul stellte eine Flasche Sekt auf den Tisch, sie beide setzten sich auf Handtüchern auf die beiden Stühle. Es fehlten ihnen beiden in diesem Augenblick die Worte, um das Erlebte zu reflektieren, sie hatten aber auch keine Lust, sich in platte Konversation zu flüchten. Sie hielten einander einfach an der Hand, spürten ihren Gefühlen nach, fühlten sich eins miteinander und mit dem Universum. Der Zauber eines Augenblickes, den zwei Menschen höchstens einmal miteinander erleben können, die füreinander das erste Mal ihre körperlichen Grenzen aufgegeben hatten.

Das zweite Mal liebten sie sich schon deutlich bewusster. Jetzt war es Paul, der von der Intensität überrascht war, mit der sich dieses recht offenkundig kaum erfahrene Mädchen ihm hingab. Was ihr an Erfahrung mangelte, ersetzte sie durch Intuition und

Leidenschaft. Und durch ihre absolute Bereitschaft, sich seiner Führung anzuvertrauen.

Sie leerten den Sekt, dann legten sie sich gemeinsam schlafen. Am nächsten Morgen weckten die Morgensonne und das Gezwitscher der Vögel die beiden nahezu gleichzeitig auf. Und diesmal war es ganz anders: Der Liebesakt zwischen ihnen wurde zum Feld bewusster Gestaltung, sie begannen intuitiv zu experimentieren, mit der eigenen Lust ebenso wie mit der des anderen. Es war dieser Augenblick, wo bei Annika der irreversible Prozess einsetzte, der schließlich zur Trennung ihrer eigenen Lust von der anderen beteiligten Person als solcher führen sollte. Was nicht bedeutete, dass sie oder Paul dabei ein Defizit erlebten: Es war nur anders, weniger mystisch. Einfacher formuliert: Es war dieser Augenblick, in dem Annika ihre Unschuld verlor.

Der Ruf der Freiheit

Eine gute Gelegenheit

„Hast du vielleicht heute Nachmittag Zeit? Ich würde deinen Rat brauchen?", sagte Claudia beim gemeinsamen Frühstück zu Annika. „Wann genau, du weißt, ich habe das Volkswirtschaftsproseminar." „Na dann geht es nicht, wäre um drei." „Hmm, um was ginge es denn?" Annika hatte an Volkswirtschaft immer noch nicht mehr Gefallen gefunden als zu Semesterbeginn, die Note war eigentlich in trockenen Tüchern, und sie hatte noch zweimal Fehlen gut. „Ich würd mir gern eine Wohnung anschauen und hätte gern deine Meinung dazu, vier Augen sehen mehr als zwei", antwortete Claudia.

„Na gut, das interessiert mich mehr als die Keynesianische Geldillusion und der Friedman'sche Helikopter. Wo wäre das?" „In der Nähe vom Sendlinger Tor, gar nicht weit." „OK, dann treffen wir uns direkt dort beim U-Bahnhof? Viertel vor? Ich muss dann los, ich muss heute Vormittag noch auf die Bibliothek und ein paar Sachen erledigen."

Vom U-Bahnhof waren es tatsächlich nur ein paar Schritte bis zu einem Haus mit unauffälliger, leicht historisierender Fassade. Claudia drückte auf einen Klingelknopf, der Türsummer summte. Sie traten in die Kühle eines Flures. „Da rechts rauf muss es sein", sagte Claudia. Nach einmal die Treppe hoch, dann standen sie vor einer zweiflügeligen Türe. Ein Herr öffnete ihnen. „Claudia? – Ah, ich sehe, Sie sind in Begleitung?" „Annika", sagte diese mechanisch. „Na dann kommen Sie herein." Die Wohnung hatte, so musste Annika zugeben, wirklich Charme. Ein großes Wohnzimmer mit Blick auf einen grünen Innenhof, ein zweiter separat zugänglicher Raum, Fenster ebenfalls zum Innenhof hin. Eine extra Küche, groß genug, darin einen kleinen Esstisch unterzubringen. Bad und WC zwar klein, aber neu renoviert. Alles machte einen sauberen und netten Eindruck.

„Was wäre hier noch mal die Miete?", fragte Claudia schließlich. „1200 kalt", sagte der Mann. „Nicht wenig Geld, aber für diese Lage ein Schnäppchen, und zu zweit wohl in Reichweite. Ich habe schon einige Interessenten." Claudia schwieg eine Weile, Annika hielt sich im Hintergrund und machte ein Pokerface, als der Mann sie forschend ansah. Sie begann allerdings zu ahnen, warum Claudia sie hierher mitgeschleppt hatte. „Würden Sie mir bitte bis Freitag im Wort bleiben? Ich habe ernsthaftes Interesse, muss aber meine Möglichkeiten noch klären. Kaution käme noch dazu?" „Ja, drei Monatsmieten. Ansonsten provisionsfrei, ich bin von der Hausverwaltung. Die Küche ist inkludiert, sonst ist die Wohnung leer, wie Sie sehen."

„So weit so klar. Würde das gehen, dass Sie mir bis Freitag im Wort bleiben?" „Eigentlich nicht", sagte der Mann, „aber ich werde sehen, was ich für zwei so nette junge Damen tun kann. Wenn natürlich jemand auf der Stelle unterschreibt, sind mir die Hände gebunden. Sagen Sie mir auf jeden Fall so bald wie möglich Bescheid." „Selbstverständlich, ich habe ja Ihre Nummer. Und danke für Ihr Entgegenkommen." Der Mann brachte die beiden noch zurück auf den Flur. „Würde mich freuen, wenn es klappt", sagte er zum Abschied.

„Und was wird das jetzt, wenn es fertig ist?", fragte Annika, als die beiden wieder auf der Straße standen. „Komm gehen wir da rüber in den Park, ich muss mit dir reden", antwortete Claudia. Sie überquerten die belebte Straße und setzten sich auf eine Bank im angrenzenden Park mit seinem alten Baumbestand. „Also", sagte Annika, „worum geht's?" Claudia sah sie an. „Du stehst nicht so auf Rumrederei, was? Also ich sag es grad raus: Ich würde gern raus aus dem Heim und hier wohnen, aber allein schaffe ich das nicht. Aber ich könnte mir gut vorstellen, dass wir beide gut zusammen wohnen könnten." „Aha, und ich

36

muss das jetzt bis Freitag wissen, wenn ich diesen netten Herrn richtig verstanden habe. Und morgen wäre besser." „Tja", sagte Claudia. „Du hast es wohl auf den Punkt gebracht."

„Uff", sagte Annika. Diese Claudia schien natürlich eine gute Menschenkennerin zu sein und hatte Annika an der Nasenspitze angesehen, dass ihr die Überlegung nicht ganz fremd war, zumindest teilweise in der Stadt zu leben. Und dass Annika das auch tun konnte, wenn sie es wollte, schien sie auch mitbekommen zu haben. „Und wie genau würdest du dir das vorstellen? Ich meine, mit der Aufteilung und so?" Claudia schien sich das schon überlegt zu haben. „Ich würde dir das extra Zimmer lassen, da hättest du dein ungestörtes Reich. Ich würde mir das Wohnzimmer nehmen und mich halt klein machen, wenn wir mal Party feiern wollen. Mit den richtigen Möbeln geht das schon." Annika schwieg eine Weile. Sie überlegte, wie sie die nächste Frage so formulieren sollte, dass es Claudia nicht verletzte. Sie biss sich wohl ein wenig zu auffällig auf der Lippe rum. „Soll ich raten? Du willst wissen, wie ich es mit dem Bumsen halten würde und ob du dich mit mir in einem Durchgangsbahnhof wiederfinden würdest." Annika wurde erst puterrot und musste dann lachen. „Du schaffst es immer wieder, Claudia, mich aus der Reserve zu locken. Also gut: Ja, das waren meine Bedenken."

„Kann ich gut verstehen", sagte Claudia darauf gut gelaunt. „Ich denke, wir würden einander nicht verbieten, dann und wann Männer mit heimzubringen. Aber glaub mir: Auch ich will einen Rückzugsort, wo ich für mich sein kann, in Ruhe studieren – und ich würde nicht wollen, dass wir beide da einfach nebeneinander herleben." Annika sah Claudia eine Weile in die Augen. Sie hatte ein wenig Zweifel, aber die Sache schien ihr trotz allem durchaus attraktiv. Und was konnte schon groß schiefgehen, notfalls zog sie hier halt wieder aus, sie hatte ja immer ihr Haus.

„Gib mir bitte ein paar Minuten." Annika ging ein paar Schritte weiter außer Hörweite und wählte die Handynummer, die innerfamiliär wirklich wichtigen Dingen vorbehalten war. Gudrun war beim zweiten Läuten dran. „Mama, keine Angst, es ist kein Notfall, aber irgendwie doch dringend. Darf ich dich kurz stören?" Sie setzte ihrer Mutter den Plan auseinander. Gudrun hörte ihr aufmerksam zu. „Okay", sagte sie nur drauf. „Hier ist mein Vorschlag, was wir tun: Du bittest diese Claudia, für morgen Nachmittag einen weiteren Besichtigungstermin auszumachen, ideal um vier. Wenn du es möchtest, kann ich euch beide vorher um drei treffen. Wir sprechen das ganze heute Abend unter uns durch. Morgen bin ich dabei, werde aber nicht viel sagen, außer ich habe einen sehr gut begründeten Einwand. Außer du willst dich morgen allein entscheiden, ich habe ja eigentlich kein Recht, mich da überhaupt einzumischen." „Okay", sagte Annika. „Das mit dem Termin checke ich gleich mit ihr, über den Rest reden wir heute Abend. Danke dir." „Gern, ciao."

Gudrun legte auf und schaute ihr Telefon noch eine Weile an. Gut, sie hatte das kommen sehen. Aber sie musste sich schon sehr zusammennehmen, ihr Kind so einfach gehen zu lassen. Sie würde ihr aber trotzdem nicht ernsthaft im Weg stehen, sie erinnerte sich noch zu gut an ihre eigene Jugend und ihre eigenen Entscheidungen, die sie mit großer Vehemenz gegen ihren Vater hatte durchsetzen müssen.

Annika kehrte einstweilen zu Claudia zurück. „Weißt du, es wird dir jetzt ein wenig komisch erscheinen", begann sie. „Aber ich möchte diese Entscheidung nicht ohne meine Mutter und meine Schwester treffen. Nicht, weil ich nicht dürfte oder könnte, sondern weil wir in unserer Familie nicht so miteinander umgehen." Claudia nickte. „Heißt jetzt was?" „Kannst du mit dem Herrn bitte für morgen um vier noch einen Termin ausmachen? Und vorher würde ich dich gern Mama vorstellen. Um drei gleich hier irgendwo." Claudia brauchte eine Weile, das zu verdauen, weil diese Vorstellung so weit außerhalb ihres Weltbildes lag. Andererseits: Sie hatte nichts zu verbergen und musste sich sicher nicht verstecken. „Ja, wenn ihr das so machen wollt, mir ist es recht. Ich versuche gleich den Verkäufer zu erreichen." Sie hatte anscheinend Glück. „Ja, Termin passt." „Hast du noch vorweg ein paar Bilder von der Wohnung?" „Klar, ich schick dir noch einen Link auf das Inserat."

Als Annika gegangen war, drückte Claudia die Wahlwiederholungstaste. Sie war dem Herrn für den fixen Termin morgen noch eine Antwort schuldig. „Okay", sagte sie einfach, „Aber nur in einem Hotel, und das zahlst du." – „Ja, finde ich, bis dann."

Familienrat

Es war eine gute Übung zwischen den dreien, dass beim Essen selbst keine schwierigen Themen besprochen wurden. Gudrun war der Ansicht, dass die gemeinsamen Mahlzeiten ein Ausdruck ihrer bedingungslosen familiären Zusammengehörigkeit waren, und hatte das ihren Töchtern gut vermitteln können.

Doch schließlich war abserviert, und die drei setzten sich wieder zusammen. Es war ebenso gute Übung, dass niemand von Themen ausgeschlossen war, man war nur gemeinsam um Konstruktivität bemüht, was nicht immer ganz gelang. Doch diesmal waren vier Augen gespannt und erwartungsvoll auf Annika gerichtet. Wer etwas zu sagen hatte, musste das schon selber tun.

„Ich weiß, das kommt sehr plötzlich. Ich habe mir heute gemeinsam mit Claudia, einer Studienkollegin, eine Wohnung angesehen, und ich erwäge ernsthaft, mit ihr zusammen dort hinzuziehen." „Nach langer und ernstlicher Bedenkzeit", ätzte Petra. Die beiden anderen ignorierten sie. „Hier, ich habe euch ein bisschen etwas dazu ausgedruckt, damit ihr euch etwas vorstellen könnt." Sie schob in paar Bogen Papier mit einem Lageplan, einem Grundriss der Wohnung und ein paar Bildern in die Runde. Gudrun, die die Unterlagen schon kannte, ließ Petra Zeit, sich auch ein Bild zu machen.

„Das kommt zwar nicht ganz unerwartet, aber doch recht plötzlich", antwortete Gudrun. „Insofern hat Petra schon ein wenig recht. Aber ich denke mal, dass es Gelegenheiten gibt, wo sich unbewusste Wünsche sehr spontan Bahn brechen." „Oft hängen da aber auch recht harte Tatsachen dran", kam es von Petra. Jetzt war es an Annika, die Augen zu verdrehen. „Ich werde dort mit einer zweiten Frau hinziehen." Das „Blödfrau" verbiss sie sich, sie wollte jetzt keine Diskussion über höflichen Umgang miteinander. „Und es dreht sich nicht immer nur alles ums Geschlechtsverkehren." Gudrun seufzte, sagte aber nichts.

„Bevor ich mich endgültig entscheide, ist mir an eurer Meinung über das Objekt gelegen, und wir haben auch einiges finanziell-Administratives dazu zu besprechen. Petra, was sagst du?" Petra blätterte noch einmal durch die Unterlagen. „Ihr wollt dort zu zweit hin? Also ich find sie hübsch, jede hat ihr eigenes Reich, und doch kann man auch zusammen sein. Und der Blick in den Hof ist super für mitten in der Stadt. Ja, würde mir auch gefallen." Annika lächelte.

Gudrun wurde ein bisschen konkreter: „Ich habe mit deinem Einverständnis das Angebot an unsere Immobilienleute geschickt und im Wesentlichen ein ‚ist OK' bekommen. Kein Geschenk, aber auch nicht überzahlt für die Gegend." Gudrun wartete eine Weile. „Was mich auf die Lage zu sprechen bringt. Ich habe mich eine Weile mit dem Kollegen unterhalten, wir sind jedenfalls zu dem Schluss gekommen, dass man hier von einem guten Kompromiss zwischen zentrumsnah und grün sprechen kann. Er meint, die Wahl ist für eine Studentinnen-WG sehr klug. Ob sie mir persönlich gefällt, kann ich dir morgen sagen. Ich denke aber, dass du diesen Aspekt ohnehin schon für dich entschieden hast."

Annika nickte. „Danke, Mami, fürs Recherchieren. Aber ja, das Subjektive habe ich für mich schon festgemacht." „Gut", sagte Gudrun. „Was deine potenzielle Mitbewohnerin betrifft: Ich werde sie morgen kennenlernen, aber da bist du schon hauptsächlich auf deine eigene Menschenkenntnis angewiesen. Was aber schon in Ordnung ist, weil ja du mir ihr dort leben musst." Sie machte wieder eine Pause. „Kommen wir jetzt zum Administrativen, wie du das nennst: Wie du weißt, haben wir mit unserem Haushaltskonto und deinem persönlichen Anteil an den Betriebskosten deines Hauses ein gutes Gleichgewicht gefunden. Ich denke, wir müssen daran nichts ändern, deine Brötchen werden davon nicht teurer, dass du sie dir selber kaufst. Was die Kosten für die Wohnung betrifft: Da würde ich dich bitten, die einfach selbst zu tragen. Das wird dich vor keine unlösbaren Herausforderungen stellen. Und für Petra ändert sich gar nichts." Petra schien nur den letzten Satz verstanden zu haben und verlor augenblicklich das Interesse.

Annika dachte einen Augenblick nach. Ja doch, das war schon recht gut durchdacht. Sie bewunderte Mama, was für einen klugen und kühlen Kopf sie bei diesen Fragen hatte. Annika hatte noch immer nur eine verwaschene Vorstellung von dem Vermögen, das sie von ihrem Vater geerbt hatte, doch sie wusste, dass allein die Zinserträge jährlich gut fünfstellig waren. „Ja, ich denke, das ist fair", sagte sie daher einfach. „Noch eines: der Redakteur hat mich darauf hingewiesen, dass vermutlich du den Mietvertrag wirst abschließen müssen, weil deine Freundin schwerlich ein ausreichendes Einkommen wird nachweisen können. Was die Frage aufwirft, wie du das kannst – das ist bei Kapitalerträgen nicht so einfach. Ich kann dir aber anbieten, dir eine pro-Forma-Bürgschaft zu unterschreiben, das ist wohl administrativ am einfachsten."

Petra war offenbar schon länger geistig aus der Diskussion ausgestiegen. Annika dachte nicht zum ersten Mal darüber nach, wie sie das Ungleichgewicht zwischen ihnen beiden zugunsten

Petras verschieben konnte, sie hatte irgendwie das Bedürfnis, dass ihre Schwester genauso abgesichert und unbesorgt leben konnte wie sie selber. Aber das gehörte nicht zu diesem Thema. „Danke, Mami, und mittelfristig werden wir sehen, dass wir das dann anders regeln. Aber ich verstehe, wir müssen jetzt schnell sein, da weiß ich mir das schon sehr zu schätzen."

Sie schaute in die Runde. „Dann danke ich euch für euren Rat und eure Unterstützung, Und Mami?" Gudrun schaute zu Annika hinüber. „Ich weiß, dass das plötzlich kommt und eine große Zäsur ist. Aber ich bin ja nicht auf den Marianen, sondern nur in München, und ich gedenke Teil unserer Familie zu bleiben. Und das schließt auch dich ein, Petra." Instinktiv streckte sie beide Hände aus, und die drei taten das, was sie immer taten, wenn sie ein schwieriges Problem anzupacken hatten. Sie nahmen einander einfach an den Händen und bildeten einen Kreis.

Entscheidung

Kurz nach drei traf Gudrun in dem kleinen Café unweit des U-Bahnhofes Sendlinger Tor ein. Die beiden Mädchen saßen im Garten und waren leicht zu finden. „Mami, das ist meine Studienkollegin Claudia Pichler, Claudia, meine Mutter Gudrun Krader" Claudia stand artig auf und reichte Gudrun die Hand. „Gudrun", sagte Gudrun, „und ich darf gleich vorschlagen, dass wir per du sind." „Von meiner Seite gern." Die drei nahmen wieder Platz, der Kellner eilte herbei, doch Gudrun bestellte nur einen Kaffee.

In der nächsten halben Stunde staunte Annika nur so, auf welch natürlich scheinende Weise ihre Mutter, eine der führenden Journalistinnen der Stadt, dieser Claudia auf den Zahn fühlte. Doch es schien dabei nichts zutage zu kommen, was Annika oder Mama überraschte. Claudia stammte aus einfachen Verhältnissen und hatte früh lernen müssen, auf eigenen Beinen zu stehen und zu schauen, wo sie blieb. Doch mit viel Ehrgeiz und Einsatz hatte sie es zum Abitur gebracht und sich darum gekümmert, einen Studienplatz zu bekommen und sich dann ihren Wunsch zu erfüllen, in einer großen Stadt zu studieren. Jetzt schien der nächste Schritt logisch, sich um eine Verbesserung ihrer Wohnsituation zu kümmern. Umso überraschter war Annika, als ihre Mutter eine WC-Pause Claudias dazu nützte, ihr kurz ihren Eindruck zu schildern: „Die ist schon okay, aber halte bei ihr die Augen offen: Die will nach oben und sucht gezielt Leute mit Geld und Einfluss. Es ist kein Zufall, dass sie dich ausgesucht hat. Und sie zögert auch keine Sekunde, für ihre Ziele die Beine breitzumachen." Uff, dachte Annika. Nicht, dass sie den Eindruck nicht auch schon gehabt hatte, aber in der Härte und Klarheit? „Siehst du darin ein Risiko für mich?" „Nein, ich sehe in der ganzen Sache überhaupt kein Risiko, notfalls kündigst du halt den Mietvertrag. Aber sei dir bewusst, dass dich hier hauptsächlich dein fast unangreifbarer Background schützt." Annika schluckte ein wenig, sie lernte gerade wieder viel über das Leben da draußen.

Als Claudia zurückkehrte, war Gudrun wieder ganz die Charmante. „Na dann wollen wir doch mal, wir wollen es doch nicht vertrödeln." Sie winkte dem Kellner. „Lasst stecken", sagte sie zu den beiden Mädchen und zahlte die Rechnung. Sie machten sich also auf den Weg und stiegen ein zweites Mal die Treppe zu der Wohnung hinauf, wo sie von demselben Herrn wie am Vortag empfangen wurden. Es dauerte keine zehn Minuten, bis Gudrun Annika das nonverbale OK-Signal gab, das sie vereinbart hatten. „Na dann, Claudia, haben wir uns entschieden?", fragte Annika nach. „Ich auf jeden Fall." „Na dann, kümmerst du dich um das Formelle?" Dieser Schritt war zwischen Gudrun und Annika abgesprochen. Falls Claudia den Mietvertrag wirklich bekam, würden sie gar nichts tun. Falls nicht, war die Strategie auch abgesprochen.

Wie erwartet, stockte das Gespräch bald am Einkommensnachweis Claudias. „Unsere Hausverwaltung bevorzugt eine einzelne Mieterin, die sich die Wohnung auch leisten kann – wie Sie sich das dann intern aufteilen, ist Ihre Sache. Ich fürchte, falls Sie als Mietergemeinschaft auftreten wollen, müsste ich rückfragen. Sehen Sie keine einfachere Möglichkeit?" „Was würden Sie denn als Einkommensnachweis benötigen?", fragte Annika nach. „Na ja, ein Einkommen, das durch die Miete zu maximal vierzig Prozent belastet wird." Annika schaute Claudia mit einem gut einstudierten Blick der Ratlosigkeit an. Der Herr blickte sich um. „Oder natürlich eine entsprechend unterlegte Bürgschaft. Sind Sie die Mutter einer der Damen?"

Das war Gudruns Stichwort. Sie tat so, als würde sie auf ihrem Mobiltelefon etwas lesen und aufgeschreckt werden. „Kann ich irgendwie helfen?", fragte sie. „Pardon, sind Sie die Mutter einer der Damen?" „Ja, ich bin Gudrun Krader, Journalistin bei der Freien Münchner Zeitung und die Mutter von Annika, aber wie hilft Ihnen das weiter?" Er wiederholte seine Erklärungen. „Frau Krader, ich darf hinzufügen, ich lese Ihre Artikel immer mit Bewunderung. Ihre Bonität steht für uns außer Zweifel, vielleicht können Sie ja helfen?" Gudrun tat so, als ob sie eine Weile überlegen müsste. „Nun, ich denke, ich könnte für mein Kind schon bürgen. Voraussetzung ist allerdings, dass sie Mieterin wird. Annika, ich denke, wir können Claudia so weit vertrauen, dass sie ihren Teil leisten wird?" „Davon gehe ich aus", sagte Annika, nicht ohne Claudia dabei scharf ins Visier zu nehmen. „Wäre das auch für dich ein Weg, Claudia?"

Claudia biss sich auf die Lippen. So hatte sie sich das nicht vorgestellt, da hatte sie die Familie wohl gründlich unterschätzt. Doch sie brauchte nicht lange, um ihre Optionen zu prüfen. Mehr, als dass Annika sie früher oder später aus der Wohnung warf, konnte ihr nicht passieren. „Es spielt doch keine Rolle, wenn das für Sie die gangbarere Variante ist, dann machen wir es so. Wir haben deiner Mutter zu danken, dass sie uns hier aus einer Verlegenheit hilft." Der Herr bat sie alle drei in die Küche. „Dann können wir gleich zum Vertragsabschluss übergehen?" Er legte einen Packen Unterlagen auf den Küchentisch. Gudrun sah sie eine Weile durch. „Nun, ich gehe davon aus, dass das alles seine Richtigkeit hat. Unsere Rechtsabteilung wird natürlich noch ein Auge darauf werfen." „Einen Moment bitte", sagte darauf der Herr. „Ich sehe gerade, ich habe hier einen nicht ganz aktuellen Vordruck mitgebracht. Einige Passagen sind nicht mehr aktuell, wir können sie händisch streichen." Gudrun warf ihm einen prüfenden Blick zu. „Ja, es ist ein Jammer, wie oft heutzutage Drucksorten geändert werden, nicht wahr?"

Schließlich unterschrieb Annika den Mietvertrag und Gudrun die Bürgschaftserklärung. „Brauchen wir Claudia auch im Vertrag?", fragte Annika. „Nein, Sie haben nach der neuesten Revision ein unbeschränktes Untervermietrecht, von dem Sie zugunsten Ihrer Kommilitonin Gebrauch machen können. Ich lege Ihnen unverbindlich ein Vertragsmuster zu den Unterlagen, aber das ist allein Ihre Angelegenheit, wie Sie das regeln." „Mietvertragsbeginn ist 1. Juli?", frage Annika noch nach. „Ja, aber Sie sehen, die Wohnung ist übergabebereit, sobald Sie die Kaution überwiesen haben, können Sie die Schlüssel haben. Wir verrechnen für Juni auch kein anteiliges Entgelt." „Sehr zuvorkommend, danke."

Annika wandte sich an Claudia. „Möchtest du den Untermietvertrag gleich abschließen oder ihn erst lesen? Er scheint nicht allzu kompliziert. Ich denke, es ist fair, wenn wir uns die Kaution teilen, nicht wahr?" Claudia blieb nichts anderes übrig, als mit einem zuckersüßen „ja sicher" zu unterschreiben. „Hier ist noch eine Karte mit meiner Kontonummer, ich gehe davon aus, dass du das vorweg regelst?" „Ja klar", antwortete Claudia. Sie wandte sich noch einmal an Gudrun: „Ich finde es ganz toll, dass du uns hier so aus der Klemme hilfst. Sobald wir hier einigermaßen klar Schiff sind, laden wir dich natürlich mal zum Abendessen ein." Gudrun schenkte ihr ein Lächeln. „Danke, das wäre reizend. Annika, feierst du noch mit deiner Freundin, oder nützt du die Gelegenheit, mit mir heimzufahren?" Claudia wehrte ab. „Ich würde ja gern, aber ich habe heute noch einiges zu tun. Lasst euch von mir nicht aufhalten." Man verabschiedete sich knapp voneinander, nicht ohne, dass der Herr von der Hausverwaltung noch einmal seine Hochachtung vor Gudruns journalistischen Leistungen hervorhob. Claudia ging zur U-Bahn, Gudrun hatte den Wagen in einem nahen Parkhaus abgestellt.

Im Auto

„Danke, danke, danke Mami, für deine Hilfe hier." Annika meinte das ehrlich, sie hatte nicht gewusst, auf welchem Minenfeld sie hier agiert hatten. „Aber geh, keine Ursache", sagte Gudrun gut gelaunt. „Wir mussten nur Frau Naseweis und Herrn Obergescheit dezent darauf hinweisen, dass wir nicht auf der Nudelsuppe dahergeschwommen sind." Annika musste ein wenig lachen. „Du zumindest, ja. Das mit den gestrichenen Passagen war doch das Allerärgste, nicht wahr?" „Ja, der Herr hat wegen der Zeitung kalte Füße bekommen. Ich lasse die Kollegen noch drüberschauen, aber ich denke nicht, dass sie jetzt noch etwas finden werden. Es spielt auch nicht die große Rolle, das meiste von dem, was er gestrichen hat, wäre ohnehin unwirksam gewesen. Das Untervermietverbot hätte ich allerdings nicht akzeptiert, das dann ganz plötzlich mit verschwunden ist."

„Und Claudia? Ganz glücklich war die nicht, oder?" Gudrun kicherte, „Die hat sich das so vorgestellt, dass sie eine Dumme findet, die ihr die halbe Miete zahlt, während sie einen auf Hausherrin macht und eine hippe Partylocation hat. Das spielt es natürlich so herum nicht mehr. Und diesen Untermietvertrag hätte ich nie unterschrieben. Du kannst sie mit zwei Wochen Frist einfach vor die Türe setzen, das steht nur nicht so drin, dass man es gleich sieht." „Und wenn sie uns abspringt?" Gudrun sah Annika an. „Dann überlegst du dir, ob du dort alleine wohnen willst. Die Wohnung ist gut, auch vielleicht einmal mit einem fixen Partner. Du brauchst keine Mitbewohnerin, sie schon. Das lief deutlich besser, als ich es mir zu erhoffen gewagt habe."

Den Rest des Heimweges hatte Annika darüber nachzudenken, ob es wirklich gerecht war, dass auf dieser Welt das Geld so brutal regierte. Zumindest empfand sie es in diesem Augenblick so. „Sag, Mami: Aber unfair zu Claudia sind wir hier trotzdem nicht, oder?" Gudrun sah sie verwundert an. „Worin sollte die Unfairness bestehen? Sie zahlt Miete und wohnt dort. Solange das klappt, wirst du sie kaum vor die Türe setzen, so gut kenne ich dich. Wo wäre da jetzt das Problem? Du wirst auch sehen, sie wird zumindest am Anfang pünktlichst zahlen und so tun, als wäre nichts gewesen." Annika schwieg den Rest der Fahrt. Auch eine Sichtweise, dachte sie. Und je länger sie darüber nachdachte, umso mehr gefiel sie ihr.

„Aber eins muss ich dich noch fragen", sagte sie schließlich. „Was meintest du mit: Sie hat mich gezielt ausgesucht? Ich mein, die ist doch zufällig neben mir gelandet und hat mich angequatscht." Gudrun antwortete nicht gleich, sie war damit beschäftigt, das Cabrio im Retourgang in die Garage zu fahren. „Zufällig? Annika, es wird Zeit, dir vor Augen zu halten, dass du für Leute wie Claudia so hell strahlst wie ein Leuchtturm bei Nacht." Als Annika nicht antwortete, setzte sie hinzu: „Und nein, du kannst nichts dagegen tun. Die Gene deines Vaters und das bisschen, was ich dir an Haltung und Herzensbildung mitgegeben habe, sind Teil dessen, was du vor dir herträgst wie eine Visitenkarte. Das mag manchmal ein Vorteil sein, es schadet aber nicht, wenn du dir dessen bewusst bist." „Und das andere, was du über Claudia gesagt hast? Woher weißt du das?" „Lebenserfahrung", sagte Gudrun ausweichend. Sie hatte mit der Frage gerechnet, sich aber entschieden, Annika nichts davon zu erzählen, wie sehr sie sich selbst als junge Frau in Claudia wiedererkannt hatte.

Claudia

„Fuck", sagte Claudia nur, als sie eine halbe Stunde später bei Ruben eintraf. „Gern, aber was ist los?", antwortete der schlagfertig. Sie verdrehte die Augen. „Das lief nicht so wie geplant. Sie ist dort mit ihrer Mutter aufgetaucht, das ist noch dazu die Gudrun Krader von dieser Schnöselzeitung, und jetzt ist Prinzesschen die Hauptmieterin und ich zur Untermiete." „Ich dachte, ihr wolltet gemeinsam?" „Ja hätten wir auch können, aber dieser Feigling von der Hausverwaltung hat das Geld dahinter gesehen und meinte plötzlich, er braucht eine einzelne Mieterin. Und – schnipp – Frau Redakteurin hat für Prinzesschen eine Bürgschaft unterschrieben. Klar hat er da zugelangt. Er hat ihr dafür das Untervermietverbot aus dem Vertrag gestrichen, weil er seine Felle davonschwimmen sah."

„Und einen Gratisfick hat er auch noch bekommen", konstatierte Ruben nüchtern. Claudia bedachte ihn mit einem giftigen Blick. „Aber warum bist du nicht einfach gegangen?" „Weil die Wohnung trotzdem geil ist", sagte sie. „Und es wird Spaß machen, Prinzesschen weiter zu versauen. Ich fall dir hier nicht mehr zur Last, und wir zwei können uns dann immer noch was suchen, wenn wir so weit sind." „Klingt doch nach einem Plan, also bist du doch nicht ganz unzufrieden?" Ruben war hauptsächlich erleichtert, dass er Claudia trotz dieser unvorhergesehenen Wendung endlich aus seiner Wohnung brachte. Das mit dem Studentenheim hatte sie nur für Annika erfunden, sie hatte nie einen Heimplatz gehabt, sondern ein paar Wochen in einer billigen Absteige gewohnt, bis sie dem Erstbesten, in dem Fall also ihm, ins Haus gefallen war. „Naja, das Ergebnis ist nicht schlecht, aber der Weg dahin …"

„Wie war das jetzt mit Fuck?", fragte er nach. Claudia sah ihn lüstern an. „Na dann komm, du weißt wenigstens, was du da tust."

Liebe und andere Schwächen

Tarek

Petra hatte es schließlich doch geschafft, ihre kaufmännische Lehre abzuschließen, sogar mit respektablem Erfolg. Sie hatte sich dazu eine Feier im Kreis der Familie gewünscht, neben einigen wenigen Verwandten mütterlicherseits hatte sie auch darauf bestanden, ihren Vater Tarek dazu einzuladen. Auch wenn Annika dabei ein wenig fröstelte und Gudrun merklich nervös reagierte, konnten sie Petra diesen Wunsch nicht gut abschlagen.

Schließlich war das Abendessen in einem der schön gelegenen Seerestaurants zu Ende gegangen. Nachdem die sonstige Verwandtschaft wieder abgefahren war, fanden sich die drei plötzlich allein mit Tarek auf dem Parkplatz wieder. Tarek war ein großer schlanker Mann mit dunklem Teint und dunklem krausen Haar, sein markantes Gesicht harmonierte gut mit seinen sanften, ausdrucksstarken braunen Augen. Seine marokkanischen Wurzeln waren deutlich erkennbar. Er lebte zur Zeit irgendwo in Südfrankreich und war mit einem deutlich in die Jahre gekommenen Wagen mit französischem Nummernschild angereist. „Wo wohnst du, du wirst wohl jetzt nicht gleich wieder abreisen?", fragte Gudrun schließlich. „Noch keine Ahnung, ich finde mir schon etwas", antwortete er gut gelaunt. „Mama, jetzt komm, sonst frage ich einmal dich, wo deine Manieren geblieben sind." Es war Petra, die sich zu Wort meldete. Gudrun kämpfte ihre Irritation nieder. Ihr Verhältnis zu Tarek war seit der Sache mit Annika einigermaßen kompliziert, vor allem, weil sie sich seinem Charme immer noch nicht ganz entziehen konnte. Und Sex hatte sie – wann genau? – das letzte Mal gehabt? Außerdem hatte Petra recht. Tarek hatte Stil und Benehmen. Und sie, Gudrun, konnte dasselbe auch von sich selbst verlangen. Und was sonst passieren würde, hatte letztlich sie selbst in der Hand.

„Du wohnst natürlich bei uns, Tarek, Petra hat da vollkommen recht." Er sah Gudrun eine Weile an, sodass sie ein wenig schauderte. Da war die Glut wohl auch noch nicht ganz erloschen. „Gern", sagte er nur. „Petra, fährst du mit mir, ich erinnere mich nicht mehr so gut an den Weg." „Bis gleich", sagte Gudrun, die mit Annika zum Kombi ging. Sie mochte den Wagen nicht sonderlich und überließ das Steuer ihrer Tochter. „Ich werde dann doch noch mit Petra zu ihrer Party gehen, das daheim muss ich mir nicht antun", sagte die recht ansatzlos, sobald sie im Wagen saßen. Gudrun seufzte vernehmlich, die Sache war wohl zwischen ihnen immer noch nicht ausgestanden, Annika trug ihr wohl ihre heftige Intervention und die „Verbannung" ins Internat, wie sie das nannte, immer noch nach.

„Klar, wie du möchtest", antwortete sie daher nur knapp. „Ja, ich möchte, ich werde euch beim Geschlechtsverkehren nicht im Weg stehen." „Kind, sag von mir aus wieder ficken, aber quäle mich bitte nicht länger mit diesem Unwort", schaffte Gudrun es noch, zu antworten. „Vögeln, das hat mehr Stil", antwortete Annika schlagfertig. Gudrun musste wider Willen lachen. Annika konnte man nur so nehmen, wie sie einmal war. „Wieso nimmst du überhaupt an, dass wir – vögeln – werden?" Annika sah sie so lange an, dass sie beinahe eine Leitplanke streifte. „Ich hab zwei Augen im Kopf, Mama", sagte sie schließlich. Na Hauptsache, ihr Kind wusste schon, was sie selber noch gar nicht entschieden hatte. „Wie wär's damit, sie gelegentlich auf die Straße zu richten?" Schwacher Konter, dachte Gudrun insgeheim, aber besser als gar nichts. Annika würdigte sie nicht einmal einer Antwort. Verdient, musste sie zugeben.

Annika und Petra

Annika klopfte an die Zimmertüre ihrer Schwester. Gedämpft drang Musik aus dem Raum, Petra hörte sie wohl nicht. Sie öffnete vorsichtig die Türe. „Darf ich dich stören, Sis?" Petra hatte einen ähnlichen Raum mit angrenzendem Bad für sich wie Annika, nur dass Petra Ordnung um sich herum nicht zu tolerieren schien. Sie deutete unbestimmt auf einen Platz auf ihrem Bett, der nicht vollkommen mit Gewand und anderem Zeug angeräumt war. Annika setzte sich.

„Was ist, kommst du angesichts der neuen Lage doch mit auf meine Party?", fragte Petra. Annika versprach sich zwar nicht sonderlich viel davon, mit ein paar Bürokräften und Lagerarbeitern aus dem Handelsbetrieb zu feiern, in dem Petra gelernt hatte, aber sie musste hier raus. „Ja, wenn du mich noch mitnimmst", sagte sie daher vage. „Ich fahr aber erst in zwei Stunden, das ist keine Kinderjause." „Okay. Was zieht man da eigentlich an?", fragte sie. „Was du magst, aber Mini und Perlenkette empfehle ich dir nicht. Und wenn du dich zu geil aufbrezelst, hast du ein paar Hände auf dem Po. Die Jungs dort sind Jungs. Harmlos, aber Jungs halt." Annika schaute entgeistert, doch Petra schien das gerade sehr zu amüsieren. „Wenn dir das nicht passt, sag es einfach, die wollen nur spielen. Aber wenn du auch spielen willst, sind sie nicht schwer zu überreden."

„Sag, was anderes, Petra", sagte Annika schließlich. Sie wusste nicht, ob das jetzt eine gute Gelegenheit war, aber sie wollte die Sache irgendwann einmal loswerden. „Jetzt, wo du erwachsen bist, hätte ich irgendwie das Bedürfnis …" sie stockte, sie wusste plötzlich nicht recht, wie sie das formulieren sollte. Petra schaute sie interessiert an. „Ach, ich sag einfach, was ich mir denke. Ich würde dich irgendwie gern mehr an dem teilhaben lassen, was mir so unverdient in den Schoß gefallen ist, und dich wirklich gut absichern." Petra sah sie eine Weile an.

„Absichern?", sagte sie schließlich. „Bin ich in Gefahr oder was?"

Diese Antwort überforderte Annika. Sie sah Petra wohl reichlich hilflos an, doch die lachte sie nicht aus, sondern schaltete die Musik aus und setzte sich neben sie. „Du meinst, du willst mir Geld geben, oder so?" Annika kam sich plötzlich irgendwie vor wie ein kleines Kind. Sie nickte. „Mehr oder weniger, ja." „Das ist lieb von dir, aber wovor sollte ich mich absichern müssen?" Annika verstand nicht und musste wohl weiter sehr hilflos dreingeschaut haben.

„Sis, versteh mich nicht falsch. Ich finde das ganz toll, dass du mir das anbietest. Aber ich wünsche mir, dass du mir jetzt ein paar Minuten mal einfach zuhörst. Okay?" Annika konnte nur nicken. „Also: Fragen wir ganz am Anfang an: Ich bin durch einen unglaublichen Zufall hier in diese Situation hereingeboren, die ihrerseits auch wieder nur durch einen unglaublichen Zufall so entstanden ist. Hätte dein Vater nicht diesen Unfall gehabt, gäbe es mich gar nicht." Annika schluckte ein wenig. Hart, aber wahr. „Mama hat durch diesen unglaublichen Zufall einen gewaltigen Sprung nach oben gemacht. Sie bemüht sich wirklich, die Rolle gut auszufüllen, die ihr das Schicksal da auferlegt hat. Aber diejenige, bei der das alles auf fruchtbaren Boden gefallen ist, bist du, Sis. Vielleicht liegt es an deinen Genen, ist ja aber auch egal. Du bist die einzige von uns dreien, die das Format hat, dieses Haus auszufüllen." Uff, dachte Annika. Starker Tobak.

„Weißt du, ich fühl mich einfach als ein ganz normales Menschenkind. Ich bin nicht sonderlich gläubig, aber ich denk mir, dass jeder Mensch ein Recht auf seine Existenz haben sollte. Eine Blume, einen Baum, einen Vogel fragt auch niemand nach seinem Bankkonto, bevor die ihren Platz auf dieser Erde zugebilligt bekommen. Und", sie machte eine kleine Pause „Ich fühl mich bei den Menschen einfach wohl, die das auch so sehen wie ich. Auch wenn sie sich für ihr Fortkommen abstrampeln müssen: Aber sie glauben nicht, dass das ihre Identität, ihre Seele ist." Annika sagte nichts, hörte einfach zu.

„Ich glaube nicht daran, dass ich um irgendwas glücklicher werde, wenn ich Anwältin bin, Ärztin, Managerin eines Pferdehofes. Es mag sein, dass so etwas für manche ihr Leben ausfüllt, aber ich kann es mir nicht vorstellen. Nicht in derselben Weise, wie wenn ich den Luxus Zeit für mich habe." Petra schwieg eine Weile. „Natürlich könnte ich jetzt ‚danke‘ sagen und Geld von dir nehmen, oder ein verbüchertes Wohnrecht hier im Haus. Aber ich frage mich: Was würde das mit mir machen?" „Selbstbestimmung?", versuchte Annika zu antworten. Sie ahnte, dass das Petra nicht überzeugen würde. „Weißt du, auf was es wirklich ankommt?" Petra schwieg wieder eine Weile. „Ich habe eine Mutter, die versucht, mir das überzustülpen, was sie im Leben weitergebracht hat. Ich bemühe mich auch, sie nicht vollkommen zu enttäuschen. Was nicht sonderlich schwierig ist, glaub mir, ich hätte ein Gymnasium leicht geschafft. Aber ..." Petra war jetzt richtig aufgewühlt. „Ich habe eine Schwester, die ganz anders ist als ich, die mich aber ganz wirklich und bedingungslos lieb hat. Sie weiß das selber oft nicht, aber sie zeigt es mir jeden Tag. Ich sag dir nur ein Beispiel, ein großes halt, damit du es leichter verstehst." Petra hatte sich jetzt in Fahrt geredet. „Mom hätte mich ja beinahe vor die Tür gesetzt. Sie hatte dabei sicher die beste Absicht, mich irgendwie ‚wachzurütteln‘. Aber ich weiß, dass es diese Schwester war, die ihr klargemacht hat, dass Liebe keine Bedingungen stellt." Annika war den Tränen nahe. „Und jetzt überleg noch einmal: Wovor willst du mich absichern?" Annika öffnete einfach die Arme, die beiden umarmten und drückten einander minutenlang.

„So, Seelenstriptease Ende", sagte Petra schließlich. „Jetzt gehst du noch eine Stunde pennen, dann Jeans, Top, Sneakers. Blazer, ohne den bist du es ja nicht. Und dann schauen wir mal, ob dir nicht der ein oder andere von den einfachen Jungs gefällt."

Gudrun und Tarek

Gudrun und Tarek saßen auf der Terrasse. Sie hatte noch eine Flasche Wein geöffnet, einen Barolo, den Tarek ihr irgendwann einmal mitgebracht hatte. Wenn die drei Frauen allein waren, tranken sie selten Alkohol, die Flasche hatte schon einige Jahre in ihrem Keller gelegen. „Hast du eigentlich wieder eine Frau?", fragte sie ihn schließlich. Sie wusste, dass das ein schlechter Zug war, aber sie hatte in diesem Fall ehrlich keine Lust, in irgendjemandes Revier einzudringen. „Keine, die mir Beschränkungen auferlegt", antwortete er und lächelte in dieser unnachahmlich geheimnisvollen Weise, gegen die sie kein Schild hatte. Was hatte sie auch gefragt? Ebenso gut hätte sie ihn fragen können, ob er einen festen Beruf hatte. Tarek wusste vermutlich gar nicht, was das war.

„Ciao, Mama, bis morgen." Petra nahm sich dann doch die Zeit, noch zu Tarek zu gehen. „Falls wir uns nicht mehr sehen, au revoir papa. Danke fürs Kommen, ich hab mich echt gefreut, dich wiederzusehen." Die beiden umarmten einander. Gudrun hatte noch nicht durchschaut, was das für ein Verhältnis war, das die beiden zueinander hatten. Sie kümmerten sich kaum umeinander, aber sie fielen einander um den Hals, wenn sie sich sahen. Kurz darauf waren die beiden Mädchen weg, das Motorengeräusch des Kombi verlor sich in der Ferne.

„Und du?", fragte er. Gudrun wusste momentan gar nicht, wovon er sprach, musste erst wieder in den Kontext des unterbrochenen Gespräches eintauchen. „Keinen, der mir Beschränkungen auferlegt", antwortete sie schließlich und fragte sich, ob sie nicht gerade „jetzt fick mich endlich" gesagt hatte. Tarek schien es jedenfalls so verstanden zu haben. Er trank den letzten Schluck des Weines aus. „Voulez-vous?", sagte er einfach. Verdammt, das war das, was sie an Tarek so mochte: Seine Sicherheit. Oder war es Gleichgültigkeit? – Egal, sie hatte keine Lust mehr auf Spiele. „Oui s'il vous plaît." Es war ja nur ein Fick. Oder so.

Und so war es dann auch. Als sie am nächsten Morgen spät erwachte, war er schon weg. „Merci, mais laissons le passé à sa place. T." Gudrun legte das Blatt in ihre Kommode. Sie fühlte sich gut, und sie war ihm dankbar dafür, sich nicht mehr verabschieden zu müssen. Die Mädchen waren nirgendwo zu sehen, sie nutzte den Vormittag, ausschließlich sich selbst und ihrem Körper Aufmerksamkeit zu widmen.

Auf der Party

Annika kam mit Petra auf die Party, doch sie fühlte sich sofort als Fremdkörper. Nicht, dass die Leute nicht nett zu ihr gewesen wären, aber es fehlte ihr der Bezugsrahmen, den ihre Schwester dort offenbar vorfand. Das Leben von Büroangestellten und Lagerarbeitern war ihr so fremd wie denen das von Zirkusartisten oder Seefahrern.

Sie versuchte es, trank brav zwei Bier mit einem einigermaßen akzeptablen jungen Mann, einem Klaus, der als Lieferfahrer tätig war. Doch der tat dann nichts weiter, und allzu billig wollte sie sich auch nicht geben. Sie musste wieder daran denken, was Gudrun über den Leuchtturm bei Nacht gesagt hatte, als sie kurz vor die Türe Luft schnappen ging, Petra stand mit ein paar Jungs dort und kiffte. Sie taxierte Annikas Situation augenblicklich. „Wenn du willst, fahr heim, ich komm schon irgendwie zurück." „Danke, Sis, aber ich habe zwei Bier getrunken, ich nehme mir ein Taxi." Sie gab Petra den Wagenschlüssel und drückte auf ihrem Mobiltelefon herum. Sie fühlte sich befreit, als sie endlich auf dem Rücksitz saß; zu Hause angekommen, duschte sie noch ausgiebig und legte sich dann schlafen. Am nächsten Tag ließ sie sich bis Mittag nicht blicken, sie hatte keine Lust, Tarek noch einmal zu begegnen. Und ihrer Mutter eigentlich auch nicht.

Aus dem Nest

In der Wohnung

Annika hatte es nicht eilig, in die Wohnung zu ziehen. Die Prüfungen des Semesters zogen sich bis Mitte Juli, sie hatte vor, sich erst im Anschluss darum zu kümmern. Im Gegensatz dazu war Claudia bereits zwei Tage, nachdem die beiden die Schlüssel bekommen hatten, in die Wohnung gezogen. Was Annika allerdings mehr Kopfzerbrechen machte, war der Umstand, dass ihre Mitbewohnerin auch drei Wochen später nicht mehr in der Wohnung hatte als eine Matratze auf dem Boden, einen fahrbaren Kleiderständer, ein paar Tassen und Teller und zwei Kochtöpfe, die aussahen wie vom Flohmarkt.

Annika hatte Frühstück mitgebracht, als sich die beiden wieder einmal zu ihrem traditionellen Mittwochvormittag trafen. Sie saßen einander gegenüber an einem winzigen Tisch, der irgendwie in die Küche gefunden hatte, sie konnte sich nicht mehr wirklich erinnern, ob der schon dagewesen war. Zeit, sich hier etwas einfallen zu lassen, dachte sie, während sie abwesend mit Claudia plauderte. Es war ihr mittlerweile klar geworden, dass „sich etwas einfallen lassen" bedeutete, dass sie selbst Geld in die Hand nehmen musste. Der Rat Gudruns war erstaunlich knapp gewesen: „Kind, wenn du etwas beginnst, und es klappt nicht ganz so, wie du es geplant hattest, kannst du es dir zum Glück ein großes Stück weit leisten, dein eigenes Wohlbefinden als Maßstab anzulegen. Pass nur auf, dass dich niemand am Ende dafür auslacht." Dann hatte sie ihr noch von diesem Möbelhaus erzählt, bei dem man einiges an Geld sparen konnte, wenn man durchaus respektable Möbel selbst heimführte und zusammenbaute. Sie hatte ihr ein paar hübsche Möbel im Haus gezeigt, die von dort waren, Annika war das noch nicht einmal aufgefallen. Nun gut, willkommen in der Wirklichkeit.

Doch zuerst mal musste sie etwas anderes schaffen, nämlich diese Claudia dazu bringen, sich ihr ganz zu öffnen und hier konstruktiv mitzuarbeiten. Und das, ohne sie allzu sehr vor den Kopf zu stoßen. Dass die hier so Hals über Kopf eingezogen war, sprach ja ohnehin eine deutliche Sprache, Annika wollte dabei durchaus auch die Botschaft anbringen, dass man sie bitte nicht für dumm verkaufen möge. „Was ist eigentlich mit den restlichen Sachen aus dem Studentenheim? Wie lange kannst du die dort noch lassen, irgendwann sperren die doch zu?" Sie hatte Claudia wohl in einem Augenblick erwischt, in dem die nicht gewappnet war, es tat Annika fast körperlich weh, wie sich die junge Frau wand, während sie nach einer Antwort suchte.

Annika entschied sich für das, was für sie immer noch am besten funktioniert hatte, für Offenheit. „Claudia, ich mag dich sehr gern und freue mich, dich als Freundin gewonnen zu haben. Aber ich denke, es wird Zeit, dass wir einander ganz vertrauen. Wir wollen hier ein Stück Weg gemeinsam gehen, ich denke, wir sollten das auf einer offenen und ehrlichen Basis tun." Claudia schaute sie trotzig an. „Ach Prinzesschen, was weißt du schon vom Leben?" Uff, diese Form von Trotz kannte sie von Petra. Das brauchte nur ein bisschen Zeit und Zuwendung, dachte Annika. Sie streckte ganz behutsam ihre Hand aus und legte sie auf Claudias. „Dann erzähl mir vom Leben", sagte sie sanft. „Mit Schauspielerei, die ich dir sowieso nicht mehr abkaufe, wird hier nichts mehr werden, oder?"

Ein Beben ging durch Claudias Körper, dann schien ihr innerer Widerstand irgendwie zu zerbrechen. Sie begann eine Weile hemmungslos zu weinen. Annika hielt einfach weiter ihre Hand. „Darf ich hier herinnen ausnahmsweise eine rauchen?", fragte Claudia schließlich. Annika nickte. Sie schenkte Claudia auch noch einmal Kaffee ein, die trank dankbar einen großen

Schluck. Dann begann sie zu erzählen. Alleinerziehende Mutter, kleinere Schwester. Beengte Verhältnisse, der Wunsch der Mutter, sie möge eine Lehre beginnen und endlich Geld nach Hause bringen. Vier harte Jahre bis zum Abitur, jobben, wohnen bei der Großmutter, bei Freunden. Irgendwann mal draufkommen, dass Sex auch harte Währung ist. Sich davon nicht berühren lassen, den Kopf oben halten. Studienplatz in Saarbrücken. Dankbar, aber voll Sehnsucht danach, das alles hinter sich zu lassen. München. „Ja, mit dem Heim hab ich dich angelogen. Ich hab mich dafür geniert, mich einfach bei Ruben reingefickt zu haben. Mein Gott, für mich ist diese Wohnung so ein Schritt nach vorn. Und ja, ich hab dich bewusst angesprochen, aber ich hatte keine Vorstellung, was es bedeutet, jemanden wie dich zur Freundin zu haben. Und ich wusste dann nicht, wie ich die Kurve kriegen sollte."

Annika schwieg eine Weile. Sie erinnerte sich zurück an den Tag, wo sie mir ihrer Mutter in diesem Café gesessen waren. Hatte Gudrun das wirklich alles genau so gesehen? Warum hatte sie Annika dennoch nicht abgeraten? Annika entdeckte zum ersten Mal Parallelen zwischen Mamas zeitweiliger erstaunlicher Härte zu sich selbst und dem, was sie hier vor sich sah. Wo war Mama eigentlich hergekommen, bevor sie diesen jungen Adeligen kennengelernt hatte? Was hieß da „kennengelernt" genau? Was hatte Petra mit „Sprung nach oben" gemeint? Lebte sie selbst in einer Traumwelt? Annika schob diese Gedanken wieder beiseite, jetzt war mal Claudia dran.

„Weißt du, was ich an dir immer bewundert habe, Claudia?" Die junge Frau sah sie einfach mit verheulten Augen an. „Deine Haltung, deinen Stolz und deinen Humor. Das muss dich zeitweise unendlich viel Kraft kosten." Claudia zündete sich eine neue Zigarette an, Annika ließ sie gewähren. „Interessant, dass du das siehst", antwortete sie. „Für mich ist das der einzige Weg, mit den vielen Kompromissen klarzukommen, die ich für das schlichte Überleben seit fünf Jahren machen muss." Sie schwieg eine Weile. „Der Theaterabend damals mit euch drei. Das war etwas, woran ich mich wochenlang festhalten und aufrichten konnte. Und die Mittwoche mit dir."

Annika sah Claudia genauer an. Ja, sie mochte hier in äußerst schlichten Verhältnissen leben. Aber sie war gepflegt, ihr Haar gewaschen, ihre Kleidung in Ordnung, im Bad herrschte peinlichste Sauberkeit. Annika biss sich eine Weile auf den Lippen rum, es lag ihr eine andere Frage auf der Zunge, aber sie wusste nicht, wie sie das formulieren sollte. Claudias Ausdruck wechselte plötzlich. „Na frag schon, Prinzesschen, ich halt das aus." „Wie fühlt sich das an, wenn man Sex als Währung einsetzt?" Claudia brauchte eine Weile, sie sog noch ein paarmal an der Zigarette und dämpfte sie dann aus. „Am Anfang war es Scheiße. Aber es ist eine Frage der Einstellung. Ich habe dann begonnen, es einfach auch für mich zu tun. Ist doch schön, wenn man was Geiles erlebt und noch ein Guzzi dazukriegt. Der beteiligte Mann fickt ja auch, weil es so geil ist, dass er dafür noch etwas gibt. Wo ist da der Unterschied?" Annika überlegte eine Weile, doch sehr zu ihrem eigenen Erstaunen konnte sie das gut nachfühlen.

„Sag bitte nicht Prinzesschen zu mir, ich hab einen Namen", sagte Annika schließlich. „Und jetzt, wo wir das besprochen haben: Warum reden wir nicht darüber, wie wir hier weiterkommen?" Claudia sah sie an, es war zum Greifen, wie ihr optimistisches Selbst wieder zu ihr zurückkehrte. „Okay, Annika, ich wollt dich damit nicht kränken. Aber eins noch: Ich hab für die Kaution meine letzte Reserve verwendet, ich bin blank."

„Hör mal Claudia, ich sage jetzt etwas genau ein mal. Ich hasse es, wenn ich für dumm verkauft werde, und wenn jemand versucht, mich als Geldautomat zu behandeln, würde ich das da einordnen. So weit, so klar?" Claudia zuckte ein wenig zusammen, aber sie nickte. „Gut, also schauen wir auf die Fakten. So schlecht sind doch die Karten gar nicht: Mir ist schon klar, dass ich für die Hälfte der Wohnungsausstattung zuständig bin. Da du im Wohnzimmer wohnen wirst, wird sich die Hälfte dort auch ein wenig bemerkbar machen. Darüber hinaus kann ich dir anbieten, deine Kaution vorerst in Möbel für dich zu investieren. Das bringt dich nicht in Probleme, die Frage, was damit endgültig ist, brauchen wir jetzt nicht zu beantworten. Wir werden uns auch ein wenig nach der Decke strecken und schauen, wie weit wir in diesem Selbstbaumöbelhaus kommen, wenn es dir recht ist. Aber ich möchte etwas anderes von dir: Du hast Stil, du hast Geschmack, und du hast Träume: Bring das alles ein in unser Projekt, ich bin neugierig drauf."

Claudia blieb momentan der Mund offen stehen. Menschen, die es gewohnt waren, Geld einfach von einem Konto abzuheben und für etwas auszugeben, das sie haben wollten, gab es in ihrem Umfeld kaum. Das war jetzt also die Lösung? Das Möbelhaus, das Annika so einfach mit „nach der Decke strecken" in Verbindung brachte, war für sie der unerreichbare Gipfel ihres Vorstellungsvermögens. Mit den achtzehnhundert, von denen hier die Rede war, würde Claudia diese Wohnung allein recht ansprechend einrichten können. Doch auch die andere Ansage war ihr nicht entgangen: Probier nichts, Süße, ich kann auch anders. Und dass diese Familie auch anders konnte, hatte sie Claudia schon deutlich vor Augen geführt.

Claudia blickte noch einmal kurz in ihr Blatt: Wenn sie hier kooperierte, würde sie ihren Bachelor problemlos in zwei Jahren geschafft haben, konnte mit der Kleinen eine Menge Spaß haben und wer weiß – vielleicht konnte „die Familie" ihr dann auch helfen, in der Welt der fixen Jobs für ordentlich Kohle Fuß zu fassen? Das mit der Miete hier würde sie hinkriegen, es war schon mal knapper gewesen. Und so ganz stimmte das mit der letzten Reserve auch wieder nicht, ein bisschen was hatte sie schon noch. Was immer sie vorher vorgehabt haben mochte: Das war ab sofort der neue Plan. Ruben würde sie sich noch eine Weile als Spielzeug behalten und dann irgendwie verlieren, sie brauchte ihn nicht mehr.

„Klingt doch nach einem Plan. Und: nachgedacht hätte ich schon genug, wie man es hier hübsch machen kann. Magst sehen?" Claudia holte rasch ihr Notebook, klappte es auf dem Küchentisch auf und zeigte Annika ein paar Pläne, die sie mit der sehr ausgereiften Software genau dieses Möbelhauses schon gemacht hatte. Jetzt war es an Annika, zu staunen: Warum studierte Claudia BWL, wenn sie eine solche Begabung für Innenarchitektur hatte?

Daheim

„Nett. Wer hat euch denn das gezeichnet, ich wusste gar nicht, dass die so gute Einrichtungsberater haben." Gudrun reichte die Pläne an Petra weiter, die sich mit vollen Kuchenbacken immerhin ein „wow" herausriss. „Das war kein Einrichtungsberater, das war Claudia. Und seht euch mal den Preis an." Gudrun starrte ungläubig auf die Summe. „Dabei habe ich bei manchen Dingen schon auf höherwertige Qualität bestanden. Sie ist auch unglaublich geschickt mit diesem Planungsprogramm." „Und wie kriegt ihr das jetzt alles in die Wohnung?" „Liefern lassen", sagte Annika. „Das kostet jetzt in Aktion unter 100 extra, dafür bekommen wir alles in die Wohnung getragen. Um das Geld könnten wir nicht einmal einen Transporter leihen." Gudrun nickte, Annika schien rasch zu lernen, wie die Welt da draußen funktionierte.

„Und aufstellen?" „Hätten wir auch recht günstig bekommen, das wollte ich aber vor allem deswegen nicht, weil ich möchte, dass Claudia auch das Gefühl hat, etwas beizutragen. Und beitragen zu müssen. Und wir haben auch die beiden Jungs gebeten zu helfen, mit denen wir im Theater waren." Gudrun schmunzelte. „Ich freue mich echt für dich, Kind, dass du dich auf eigene Beine stellst und gleichzeitig so ins Studentenleben eintauchst. Und deine letzte Überlegung finde ich bemerkenswert klug." „Übertreib es aber mal nicht damit, dich bei den beiden Jungs zu bedanken", kam es von Petra. „Wenn du drauf

Wert legst, darfst du schon auch mithelfen, Sis", flötete Annika. „Beim einen oder beim anderen?" „Such's dir aus." „Auf Gegenseitigkeit, wenn ich dann mal ausziehe?" Petra war heute offenbar gut drauf, Annika streckte ihr grinsend die Zunge heraus, Gudrun lachte schließlich einfach mit den beiden mit. „Pizza für alle?", fragte sie in die Runde. Ihre Mädels wurden augenblicklich wieder zu kleinen Kindern, begannen sich über den Belag zu zanken, bis dann endlich ohnehin dasselbe bestellt wurde wie sonst auch immer.

Gudrun blickte ein wenig wehmütig auf die Unordnung auf dem Tisch, als die Mahlzeit beendet war, die Mädels sich benommen hatten wie Teenager, eine große Flasche picksüße braune Limonade – original mit Zucker – ausgetrunken hatten, jede noch ein Eis bekommen hatte und die beiden dann nach oben abgezogen waren. „Wie oft werde ich das noch erleben?", fragte sie sich und machte sich daran, die Küche wieder aufzuräumen. Sie hatte nicht gedacht, dass sie das einmal vermissen würde.

Aufbau

Es war schon eine merkwürdige Atmosphäre in der Wohnung. Am Nachmittag waren die gefühlt hunderten Pakete geliefert worden, es sah aus wie ein Warenlager, mittendrin noch Claudias Schlafplatz, den sie wohl zum letzten Mal benutzen würde. Die beiden Frauen saßen noch in der Küche zusammen, Annika hatte noch die Gegend ein wenig erkundet und einen netten kleinen Laden gefunden, in dem sie Brot, ein paar Aufstriche und auch eine Flasche Wein besorgt hatte. Die beiden hatten noch rasch die Teller, das Besteck und die Gläser ausgepackt und gespült, die Teil der Lieferung waren.

Der Abend fühlte sich für Annika gut und leicht an, und so war sie einigermaßen überrascht, als sie auf die Uhr schaute und es schon nach elf war. „Jetzt aber fix", sagte sie, „wird schon knapp mit der letzten S-Bahn." „Willst du jetzt echt noch den ganzen Weg rausfahren und morgen wieder rein?", fragte Claudia. „Ich dachte, du wohnst hier?" „Naja, aber Bett werde ich jetzt auch keins mehr aufbauen, da hätten wir früher anfangen müssen." „Nimm einfach meins", sagte die darauf. Annika musste sie einigermaßen entgeistert angesehen haben, Claudia begann zu lachen. „Achso, ich fahr jetzt noch zu Ruben, sonst besteht wenig Chance, dass die Mannschaft morgen um neun hier gestellt ist. Und nein, meine Bettwäsche färbt nicht ab", setzte sie nach, als sie Annikas Gesichtsausdruck sah. „Ciao bella, die U-Bahn fährt auch nicht ewig." Sie gab Annika noch einen Kuss auf die Wange, nahm ihre Handtasche und war auch schon weg.

„Okay", sagte die zu sich selbst, nachdem die Türe hinter Claudia ins Schloss gefallen war. Sie gab Gudrun kurz Bescheid und machte sich dann an dem kleinen Koffer zu schaffen, in dem sie ohnehin die wichtigsten Dinge für die erste Nacht hier in der Wohnung schon mitgebracht hatte. Noch eine ausgiebige Dusche, dann legte sie sich einfach in Claudias Bett. Die Bettwäsche sah tatsächlich einigermaßen frisch aus.

Es war Annika allerdings ein wenig peinlich, dass sie erst von dem Lärm aufwachte, den die drei jungen Leute beim Hereinkommen schon machten. Sie lag wie immer nackt im Bett, ihren Bademantel hatte sie noch nicht ausgepackt, und wo sie das Handtuch hatte fallen lassen, konnte sie sich nicht mehr erinnern. „Jetzt raus mit dir, erst die Arbeit, dann das Vergnügen." Es war Paul, der sie sachte an der Schulter rüttelte. Als er Annikas Situation mitbekam, wurde sein Grinsen noch breiter, doch dann fragte er einfach „Was brauchst du?", warf ihr die Sachen zu und ließ sie die paar Minuten allein, die sie zum Anziehen brauchte. Haargummi, rasch noch zur Toilette, dann konnte es losgehen.

Die beiden Jungs schienen nicht zum ersten Mal Selbstbaumöbel zusammenzubauen, sie hatten auch ein wenig besseres Werkzeug und zwei kleine Bohrschrauber mitgebracht, die sich als sehr nützlich erwiesen. Sie bildeten zwei Teams, Claudia baute mit Ruben auf, Annika mit Paul. Gegen fünf waren sie dann endlich fertig, auch die Gardinenstangen waren schon montiert, es fehlten lediglich noch Kleinigkeiten und Deko, Annika hatte auch schon aufgebettet. Das Problem mit den leeren Kartons war ebenfalls gelöst, ein Nachbar hatte sie schon am Vormittag darauf angesprochen, gefragt, ob er sie haben könne und die Bündel im Lauf des Tages immer wieder abgeholt. „Wir bauen gerade ein Häuschen, da kann man sowas gut brauchen", hatte er einfach erklärt. Seine junge Frau, sehr offensichtlich schwanger, hatte ihnen dann am Nachmittag Kaffee und Kuchen gebracht. „Auf eine gute Nachbarschaft, ich bin Katrin. Aber wir plaudern ein andermal ihr wollt ja heute noch fertig werden. Ihr zieht alle vier hier ein?" „Nö, nur wir Mädels, die Jungs helfen uns." Damit war sie wieder weg gewesen.

Einstand

Gegen fünf waren sie dann fertig. Annika duschte rasch und verschwand in ihr Zimmer. „Nur zehn Minuten", dachte sie, als sie sich einfach so, wie sie war, auf das frisch aufgebaute Bett warf. Sie erwachte erst zwei Stunden später, als sie Pauls sanfte Hand an ihrer Schulter spürte. „Zum zweiten Mal heute, will uns das etwas sagen?" Annika hatte diesmal keine Chance, sich auch nur irgendwie zu bedecken. Aber plötzlich auch keine Lust dazu. Sie knipste ohne Scheu die Nachttischlampe an, machte aber keine Anstalten, aufzustehen. „Ein bisschen hast du deine Freundin schon beneidet, einfach freizügig agieren zu können", hörte sie Susanne, die sympathische Ärztin, wieder sagen. Sie lächelte Paul an. „Vielleicht, dass es schon eine Weile her ist?", fragte sie.

Als die beiden schließlich eine halbe Stunde später Annikas Zimmer wieder verließen, fanden sie die andern beiden gerade miteinander beschäftigt in Claudias neuem Bett. Die schienen sich allerdings nicht daran zu stören und machten einfach weiter. So dauerte es noch den besseren Teil einer Stunde, bis sie alle endlich so weit waren, zu dem Abendessen aufzubrechen, das Annika ihnen versprochen hatte.

Es war wieder einmal schon nach elf, als sie bestens gelaunt wieder am Haustor der Mädchen ankamen. „Noch ein Absacker bei uns?", fragte Claudia dennoch. Annika war aufgekratzt und hatte nichts dagegen einzuwenden. Als sie dann in die Wohnung kamen, statt einer Sitzecke Claudias zerwühltes Bett vorfanden und die mit einem beiläufigen „aber nicht in Jeans bitte" eine einladende Geste machte, verpasste sie irgendwie den Punkt, wo sie sich noch hätte abgrenzen können. Schließlich war sie es, die mit einem „Und, müssen wir jetzt auch noch Flaschendrehen spielen?" die letzten Hemmungen beiseite räumte. Das überraschte, aber erfreute „Nö, geht auch so", das von den dreien kam, zerstreute auch Annikas letzte Bedenken. Sie wollte jetzt einfach auch nur spielen.

Als Annika spät am nächsten Morgen erwachte, fand sie sich im Arm des noch schlafenden Ruben wieder. Sie sah sich im Zimmer um, ihr Kopf schmerzte, bruchstückhaft kehrten Erinnerungen wieder. Dass sie nackt war, irritierte sie weniger als die Frage, wie sie in Rubens Arme gekommen war. Ihr eigener Beitrag dazu war in diesem Augenblick hinter einer gnädigen Erinnerungslücke verborgen. Der Geschmack auf ihrer Zunge war brandig. Sie griff sich unwillkürlich zwischen die Beine. Okay, sie brauchte dringend ein Klo und eine Dusche.

Sie machte sich also vorsichtig von Ruben los, tappte erst in die Küche um zwei Glas kaltes Wasser und spülte damit ein Ibuprofen hinunter. Ab ins Bad. Sie öffnete den Wasserhahn, stellte sich unter die warme Dusche und pisste erst mal im Stehen. Bis auf die Kopfschmerzen fühlte sie sich gut, doch die Tablette begann bald Wirkung zu zeigen, das warme Wasser löste ihre Verspannungen. Sie bekam nur am Rande mit, dass

Ruben zwischendurch einmal ins Bad kam und einfach neben ihr ins Klo pinkelte.

Sie schlüpfte in ihren Bademantel und ging in die Küche. Ruben machte sich gerade an der Kaffeepresse zu schaffen, die Claudia ausgesucht hatte und von der Annika noch keine Ahnung hatte, wie sie funktionierte. „Magst auch?", fragte er nur, wartete ihre Antwort nicht ab und schenkte ihr eine heiße, stark duftende Tasse ein. Sie setzten sich. „Dein erstes Mal zu mehrt, nicht wahr?", fragte er ziemlich unvermittelt. Annika fand diese Frage um einiges intimer als alles, was sie in der Nacht erlebt hatte. „Mmh ja", antwortete sie unbestimmt. „Geht's dir gut?", fragte er nach. Annika fragte sich, wo das Gespräch hinführen würde. Sie sah ihn eine Weile an, doch da war nichts, was über freundliche Empathie hinausging. „Ja, doch. Soweit ich mich erinnern kann, war es einfach geil." „Also kein Moralischer?", fragte er. „Ich frag nur, weil ich da selber schon das ein oder andere Mal ziemlich reingekippt bin. Da tut dann ein bisserl reden gut." Annika machte noch einen großen Schluck vom Kaffee. Sie fühlte sich leicht und unbeschwert. „Reden? Nö. Ich würd mich aber gern noch mal ein bisschen hinlegen. Wenn du magst, kannst du ja mitkommen." Die Art, wie sie ihn dabei ansah, trieb ihm nahezu augenblicklich wieder das Blut in seine Schwellkörper. Er sah sie amüsiert an. „Ooooo-kay, bin dabei", antwortete er.

Die Leichtigkeit des Seins

Besuch der Familie

Ein bisschen nervös waren die beiden schon, als Gudrun und Petra ihrer Einladung folgten und zum Abendessen kamen. Sie hatten sich nach einiger Diskussion dann doch entschlossen, im Wohnzimmer zu servieren, der höhenverstellbare Tisch erlaubte es, einfach vier normal hohe Sessel dazuzustellen. Am Vormittag hatten sie noch die Vorhänge aufgehängt, die endlich fertig geworden waren. Die beiden hatten noch geputzt und sich auch ein wenig schick zurechtgemacht, Claudia löste ihr Versprechen ein, für alle zu kochen, es sollte eine kalte Suppe, dann Pasta mit Lachs und zuletzt ein Mousse au Chocolat geben, an dem Claudia schon den ganzen Tag lang arbeitete.

Pünktlich um halb sieben ging die Sprechanlage. Gudrun und Petra waren blendend gelaunt und hatten sich ebenfalls hübsch hergerichtet. Es dauerte eine Weile, bis die beiden jedes Möbel besehen, jeden Stoff befühlt und jede Kastentür probiert hatten. „Das ist ja noch viel geiler als auf den Bildern", kommentierte Petra in ihrer unnachahmlich schlichten, aber herzlichen Art. Sie wollte sich an dem halbwilden Hof mit seinem Zierbecken und dem alten Baumbestand gar nicht sattsehen. „Und das mitten in der Stadt, unglaublich." Auch Gudrun war beeindruckt. „Kompliment, Claudia, Annika hat mir erzählt, dass du das meiste hier geplant hast?" Claudia lächelte bescheiden. „Du solltest Innenarchitektin werden, nicht Betriebswirtin." Claudia hätte antworten können, dass sie sich lieber als Managerin ihre Einrichtung planen lassen wollte, als im Einrichtungshaus für Managerinnen Pläne zu zeichnen, doch sie sagte stattdessen nur: „Man hat nicht immer die Wahl, und BWL ist immerhin eine solide Ausbildung. Aber kommt doch bitte zu Tisch."

„Und kochen kann sie auch", konstatierte Petra nach den ersten Löffeln Suppe. „Für das hier eher rühren", antwortete Claudia, „warte nur, bis du erst das Gekochte bekommst." „Sehr zum Wohl." Annika hatte mangels eines Hausherrn die Flasche leichten Chablis geöffnet, die sie besorgt hatten, und die vier Gläser eingeschenkt. „Na dann, auf euren neuen Lebensabschnitt", sagte Gudrun. „Ich sehe ja Annika ungern gehen, aber es beruhigt mich ungemein, dass ihr es hier so gemütlich habt und euch so gut versteht. Achja", sie kramte in ihrer Tasche. „Viel kann man hier ja nicht mehr verbessern, aber vielleicht möchtet ihr die spartanischen Glühbirnen durch ein bisschen schickere Beleuchtungskörper ersetzen. Ich hoffe, ihr findet es nicht geschmacklos, wenn ich euch die Auswahl überlasse." Damit überreichte sie den beiden einen Gutschein eines bekannten Beleuchtungsfachgeschäftes. „Danke, Gudrun", kam es von den beiden unisono.

„Von mir auch etwas, es ist nicht so groß, aber es kommt von Herzen." Petra holte zwei kleine Päckchen heraus und überreichte Annika und Claudia je eines. Die beiden rissen das Papier von den Schachteln wie kleine Mädchen. „Moi, sind die süß, aber was ist das?", fragten sie. „Was es wirklich ist, weiß ich nicht, aber ich denk mir, sie taugen als gute Hausgeister für euch beide. Sie sollen euch Glück bringen und was ihr euch sonst noch so wünscht." „Danke, Sis." Annika drückte Petra einen dicken Kuss auf die Wange. „Danke auch von mir, und darf ich auch?", fragte Claudia. „Klar", sagte Petra und nahm auch Claudias Wangenkuss entgegen.

Claudia servierte den Hauptgang, die Zeit verging mit Essen und nettem Geplauder wie im Fluge, gegen zehn Uhr verabschiedeten sich die beiden dann. „Danke für den wunderbaren Abend, aber ich denke, Petra hat heute Nacht noch etwas vor, und eine alte Dame muss dann langsam wieder heim." „Und was machst du derweil, Mama?", fragte Annika kichernd zurück. „Mein Geheimnis", antwortete Gudrun. „Ciao jetzt, ihr beiden."

Annika und Claudia rauchten vor dem Aufräumen noch eine Zigarette in der Küche. „Hast du toll hingekriegt, Mama war wohl echt beeindruckt." „Und deine Schwester ist total nett. Ihr seht euch aber überhaupt nicht ähnlich." Annikas Ausdruck wurde plötzlich nachdenklich. „Hab ich was Falsches gesagt?", fragte Claudia, die sich darüber wunderte. „Tarek", sagte Annika nur, und plötzlich fiel Claudia wieder ein, was ihr Annika erzählt hatte. „Entschuldige, wie gedankenlos von mir." Claudia schien ehrlich betroffen. „Es ist nicht wichtig, es hat mich nur gerade berührt." „Sicher?" „Ja, sicher. Du räumst auf, ich mach den Abwasch?"

Neue Erfahrungen

Es war ein regnerischer Sommernachmittag, Annika fläzte faul in ihrem Bett herum, sie hatte nichts zu tun, aber auch keine Lust gehabt, zu Mama hinauszufahren. Claudia war jobben, sie wollte für das kommende Semester ihre Kasse wieder ein wenig auffüllen. Annikas Mobiltelefon summte. „Wie geht's?" Es war Paul. „Liege faul im Bett", schrieb sie einfach zurück. „Geile Vorstellung. So wie immer?" Frechdachs, dachte sie. „Find's raus", schrieb sie schließlich zurück. „Ok, in einer halben Stunde?" Annika schmunzelte, es machte Spaß, sich so einwickeln zu lassen. Sie schickte ihm ein lachendes Smiley.

Annika hatte erst am Tag zuvor ihren Schambereich erstmals komplett rasiert, die haarlose Haut fühlte sich für sie noch ungewohnt an. Sie hatte nicht umhinkönnen, das bei Claudia zu sehen, und sie darauf angesprochen. „Probier es aus, ist doch keine große Sache, für mich ist es einfach ein geileres Gefühl. Nicht nur, aber auch beim Sex." Nun gut, zu Sex war sie seitdem noch nicht gekommen, aber das würde sich ja jetzt wohl bald ändern. Sie lächelte in sich hinein, als sie noch rasch in die Dusche ging und mit ihrem neuen Rasierer gleich noch ein paar

Härchen entfernte. Als sie aus dem Bad kam, summte schon die Sprechanlage. Sie drückte auf den Knopf, öffnete die Wohnungseingangstüre einen Spalt und machte, dass sie wieder in ihr Bett kam.

Eine Minute später stand er bei ihr im Zimmer. „Hallo erstmal." Er beugte sich über sie und gab ihr einen Kuss auf den Mund. Dann erst sah er sie genauer an. „Hey geil", sagte er und streichelte mit der Hand sachte über ihre Vulva. „Gefällt dir das?", fragte sie und sah ihn strahlend an. „Und wie", meinte er. „Gibst du mir noch 5 Minuten, ich war unterwegs und sollte noch duschen." „Na dann, beeil dich."

Nach zehn Minuten war er wieder da. Er hatte sich nicht die Mühe gemacht, sich nach dem Abtrocknen wieder anzuziehen, sein Schwanz stand schon halbsteif ab. Annika machte es sich auf dem Rücken bequem, stellte nur die Beine ein wenig auf. Doch zu ihrer Überraschung kam er nicht gleich über sie, sondern legte sich bäuchlings zwischen ihre Beine. Es war zuerst ein seltsames, ein wenig kitzelndes Gefühl, als seine Lippen und seine Zunge ihren Schambereich berührten. „Was machst du denn da?", fragte sie in ihrer naiv-unschuldigen Art. „Sag bloß, dich hat noch nie ein Kerl geleckt? Na dann wird es aber Zeit." Paul wusste anscheinend recht gut, was er da tat. Annika schaffte es sehr schnell, sich auf die noch ungewohnte Stimulation einzulassen. Paul schien sich an ihrer Nässe nicht zu stören, er machte einfach immer weiter, bis sie von der Serie von wunderschönen langen Orgasmen, die er ihr verursachte, so außer Atem war, dass sie ihn bitten musste, aufzuhören.

„Und du?", fragte sie schließlich, als sie wieder einigermaßen Luft bekam. Er grinste. „Du bist jetzt eh schön nass. Oder aber …" „Oder aber was?", fragte sie neugierig. „Das geht natürlich auch umgekehrt." Annika brauchte eine Weile, bis sie kapierte, was das heißen sollte. „Du meinst, ich soll deinen …" sie musste bei dem Gedanken daran lachen. Sein „Ja, auf den Punkt gebracht, wäre es das" brachte sie erst auf die Idee, dass er das tatsächlich ernst meinen könnte. Sie sah ihn amüsiert an. „Echt jetzt, wie einen Lolly?" „Süße, manche Sachen kann man nicht erklären, probier es einfach mal." Annika hatte das nicht ernsthaft vorgehabt, aber dann lag er plötzlich ganz entspannt auf dem Rücken, und seine Erektion stand hart ab. Sie kniete sich einmal neben ihn hin und betrachtete den Schwanz. Sie fasste ihn leicht an den Eiern, streichelte mit zwei Fingern der anderen Hand den Schaft entlang, zog ein wenig nach unten und legte seine Eichel frei.

„Mmh, guter Anfang", stöhnte er. Annika überlegte, doch die Neugier siegte, außerdem hatte er schließlich auch gerade … Sie beugte sich über ihn und berührte die Spitze seiner Eichel mit den Lippen. „Soll ich dich ein wenig führen?", fragte er. „Also ganz blöde bin ich auch nicht", grinste sie und stülpte einfach ihre Lippen weich über seine Eichel. Es schmeckte schwach salzig, aber nicht unangenehm. Ein Beben seines Körpers zeigte ihr an, dass sie das jedenfalls nicht ganz falsch gemacht hatte. Sie schaltete ihren Verstand aus und hörte auf ihre Intuition. Bald hatte sie es heraus, wie sie ihn mit Lippen, Gaumen und Zunge stimulieren konnte, Sie begann ein wenig zu spielen, doch sie unterschätzte seine Erregbarkeit, sehr zu ihrer Überraschung hatte sie plötzlich eine ordentliche Menge leicht salziger Flüssigkeit in ihrem Mund. Paul keuchte heftig.

Sie wusste erst nicht, was sie damit anfangen sollte, aber es schmeckte kaum, Sie merkte, dass Paul sie beobachtete, streckte ihm die Zunge raus, dann schluckte sie das Sperma einfach. Keine große Sache, dachte sie. „Habe ich dir jetzt …" Annika suchte nach einem Wort, das sie beim Tuscheln in der Schule einmal aufgeschnappt hatte. „Habe ich dir jetzt einen geblasen? Heißt das so?" Paul zog sie zärtlich zu sich herunter, sie schmiegte sich an seinen Körper. „Ja, und versteh mich jetzt nicht falsch, wenn ich sage: absolut naturbegabt."

Sie gingen in die Küche, rauchten eine Zigarette. Annika hatte sich schließlich mit Claudia geeinigt, dass in der Küche geraucht werden durfte. In den anderen Zimmern vermieden sie es mit Rücksicht darauf, dass beide auch als Schlafräume genutzt wurden. Annika versuchte dem Verhältnis nachzuspüren, das sie zu Paul hatte, die Worte der Ärztin beschäftigten sie. Doch so sehr sie in sich suchte: Ja, sie mochte Paul, aber er bereitete ihr weder Herzklopfen noch schlaflose Nächte noch Schmetterlinge im Bauch. Was immer das sein sollte. Und wie sollte das damit zusammenhängen, dass der Sex mit ihm geil war?

Das Türschloss klapperte, Claudia kam bei der Tür herein. „Oh", sagte sie nur, als sie die beiden nackt in der Küche sitzen sah. „Hi Süße." Sie gab Annika einen Kuss. „Hi Süßer." Sie küsste Paul. Annika hatte sich rasch daran gewöhnt, dass solche Szenen hier niemanden sonderlich störten. „Wie war's in der Arbeit?", fragte sie mehr der Höflichkeit wegen. „Großartig, ich habe das kreative Potential der Burgerzubereitung heute wieder voll ausschöpfen können." Annika hatte nur ein vages Gefühl, was das hieß, 8 Stunden in einer heißen Küche oder in einer lächerlichen Uniform hinter der Theke zu stehen und Burger zu verkaufen. „Lasst euch nicht stören, ich geh noch duschen und schmeiß mich dann hin."

Die beiden warteten noch, bis Claudia aus der Schusslinie war und die Türe hinter sich zugemacht hatte. „Man kann das auch gemeinsam tun", grinste Paul sie an. Annika schaute ihn zuerst verständnislos an, dann dämmerte ihr, was er meinte. „Schön, aber heute keine Experimente mehr. Ich will deinen Schwanz jetzt dort, wo er hingehört."

Bei Susanne

Annika war dann doch ein bisschen erschrocken, als sie ihr Terminkalender sehr spät daran erinnerte, dass die drei Monate um waren. Und noch mehr, als ihr Anna am Telefon sagte, dass es vor der Sommerpause keine Termine mehr gäbe. Sie schilderte also ihre Situation. „Einen Moment bitte, ich schau, was ich tun kann." Annika wartete ein paar Minuten, bis sich Anna wieder meldete. „Susanne war jetzt selber erschrocken, normalerweise melden wir uns auch rechtzeitig. Tut mir leid, das wer mein Fehler. Kannst du vielleicht heute Nachmittag, da schaffen wir das noch."

„Na, wie ist es dir ergangen", fragte Susanne nach. „Gut, und gut", antwortete Annika. „Das erste freut mich zu hören, und das zweite macht mich neugierig", antwortete die Ärztin schlagfertig. „Magst du erzählen?" Annika fiel es bei Susanne leicht, über ihre Erlebnisse zu sprechen. Die lächelte nur. „Bist du okay mit dir selber?", fragte sie schließlich doch nach.

Es war jetzt das zweite Mal, dass Annika mit Empathie für etwas konfrontiert war, wo für sie nichts als beiläufiger Genuss gewesen war. „Warum wollen das immer alle wissen? Mein Gott, es war Sex. Guter Sex, soweit ich das beurteilen kann. Warum sollte es mir da nicht gut gehen?" „Red weiter", sagte Susanne einfach. Annika überlegte kurz, sprach aber dann doch ganz offen über ihre Empfindung, dass sie an einem einfachen, aber lustvollen Vorgang wie der Kopulation nicht das Geringste entdecken konnte, was sie mit Moral in Verbindung bringen würde. Oder auch nur mit großen Gefühlen. „Irgendwie wie Mofafahren ohne Helm. Oder gut Essen. Nur halt körperlicher", endete sie.

„Ich finde deinen Zugang sehr okay", antwortete die Ärztin schließlich. „Aber er ist nicht der einzige. Viele Frauen sehnen sich nach der großen Liebe und denken, sie müssten ihre Sexualität irgendwie für diese aufsparen. Manche finden dann darin ihre Erfüllung, manche laufen dem ein Leben lang nach, und manche, die glauben, sie gefunden zu haben, klammern sich so fest dran, dass sie bald wieder erstickt, die große Liebe." Annika sah sie verständnislos an. Doch dann veränderte sich etwas in ihr, sie dachte an ihre Affäre mit Tarek zurück. „Kann es sein, dass mich die Geschichte mit Tarek von dieser Vorstellung gründlich geheilt hat?", fragte sie. „Ich würde das nicht

‚geheilt' nennen." Susanne war jetzt nachdenklich. „Ich finde okay, wie du jetzt damit umgehst, aber sei nicht allzu erschrocken, wenn dir einmal die große Liebe begegnet." Annika nickte.

„Reden wir noch über das Praktische. Mit diesen Dauerhormonen ist es dir gut gegangen?" „Ja absolut, ich find das cool, dass ich keine Blutung mehr habe." „Dann schlage ich dir was vor: Ich geb dir jetzt noch einmal die Spritze, aber wenn du in drei Monaten immer noch so empfindest, reden wir über etwas Längerfristiges. Und nächstes Mal melden wir uns rechtzeitig, Anna hatte wohl die Karteikarte verreiht, sie ist eh ganz geknickt."

Rohr verlegen

Es war ein wunderschöner Sommertag, Annika war allein daheim, nur ein junger Mann von der Installationsfirma, bei der sie die Waschmaschine bestellt hatte, werkte in der Küche. Ein wenig stach sie schon der Hafer, der Bursche war nicht unhübsch, und Annika wollte plötzlich einfach wissen, ob das funktionieren würde.

Sie wartete also ab, bis sie den Eindruck hatte, er würde bald fertig sein. Sie ging barfuß, nur in Slip und einem T-Shirt in die Küche. Der Junge schaute kurz zu ihr auf. „Ein paar Minuten noch", sagte er dann, bald war er mit seiner Arbeit fertig. „Duuu", flötete Annika „Ich hab vergessen Geld zu holen, ich müsste erst zum Geldautomaten." Der Junge sah zu ihr auf, sein Gesichtsausdruck wechselte zu interessiert. Es war schon der 25. des Monats. „Du willst mir sagen, es ist grad Ebbe in der Haushaltskasse?" Annika übte sich eine Weile in einem betretenen Blick auf ihre Zehen.

Der Junge stand auf und sah sie mit einem Blick an, der sie schaudern machte. „Vielleicht finden wir ja eine Lösung", sagte er schließlich ein wenig versonnen. Annika konnte sich nicht helfen: Ihr Körper sagte ihr überdeutlich, dass sie das geil fand. Sie blickte mit gekonntem Augenaufschlag zu ihm auf, er war einen guten Kopf größer als sie. „Wirklich?", fragte sie. Er trat einen Schritt näher und legte ihr sachte seine Hand an die Hüfte.

Annika biss sich ein wenig auf den Lippen rum. „Tust du mir nur den Gefallen und gehst erst noch duschen?", fragte sie. Er grinste sie an: „Klar, ist geiler für dich beim Blasen", antwortete er. „Hinteres Zimmer", sagte sie nur noch, „Ein Badetuch liegt im Bad."

Er brauchte nicht lang. Fünf Minuten später war er bei ihr, das Badetuch um die Hüften geschlungen. Gut, was er wollte, hatte er sie schon wissen lassen. „Na dann leg dich hin", sagte sie zu ihm, sie war mittlerweile nackt. Sie beugte sich über ihn und begann ihn gekonnt zu blasen, mittlerweile hatte sie schon einige Übung. Knapp vor seinem Höhepunkt ließ sie seinen Schwanz aus ihrem Mund gleiten, glitt auf ihn und begann ihn zu reiten. Als sie seine schreckgeweiteten Augen sah, sagte sie nur „entspann dich, du wirst nicht gleich Vater." Er schien ihr zu vertrauen, sein Ausdruck wechselte auf Geilheit. Wenig später kam er heftig.

Er kam noch einmal zu ihr zurück, als er wieder angezogen war und sein Werkzeug gepackt hatte. „Hey warte noch", sagte sie, griff in ihre Nachttischlade und reichte ihm den Hunderter, den sie für die Installation schuldig war. „Was jetzt?", fragte der Junge verwirrt. Annika lachte herzlich. „Du, sei mir bitte nicht böse, ich wollte nur wissen, ob das funktioniert. Bist ein ganz Süßer, ich hab's genossen. Wie heißt du überhaupt?" Der Junge schnappte nach Luft. „Jens", sagte er. „Annika." Sie genoss seine steigende Verwirrung, zu der sicher auch beitrug, dass sie noch nackt war und keine Anstalten machte, das zu ändern. „Nur, dass ich ruhig schlafe. Da kann echt nichts passiert sein? Ohne find ich schon irgendwie schräg." Annika überlegte eine Weile, doch es gab keinen Grund, nicht offen zu ihm zu sein.

Sie erzählte ihm von ihrer hormonellen Verhütung und der HIV-Spritze.

„Puh, wusste ich nicht. Ich hätt aber auch einen Gummi genommen, wenn du mich nicht so … überrumpelt hättest." „Bist ein Süßer, aber ich kann selber auf mich aufpassen." Er lächelte sie an. „Vielleicht wieder mal?" „Glaub nicht", sagte sie, „mein Freund kommt jetzt bald heim." Jens bemühte sich, Fassung zu bewahren, er hatte ja schon einiges erlebt, aber so ein verrücktes Huhn noch nicht. „Na dann störe ich nicht länger", sagte er. „Aber war echt geil mit dir. Danke."

Sie duschte ohne Eile und ging dann einkaufen, Claudia hatte heute einen harten Tag, Annika würde ein warmes Nachtmahl vorbereiten. Beim Essen erzählte sie Claudia dann beiläufig die Geschichte. Die verschluckte sich beinahe an einem Bissen von dem Saftfleisch mit Nudeln, das Annika gekocht hatte. Sie reagierte oberflächlich amüsiert, aber Annika war sensibel genug zu spüren, dass sie verletzt war. Schlagartig fiel es ihr wie Schuppen von den Augen, warum. Sie streckte sachte ihre Hand aus, berührte die Claudias: „Entschuldige bitte", sagte sie leise. Claudia sah sie eine Weile an. „Schon gut, Prinzesschen", sagte sie dann. „Ich verstehe sogar, warum du das getan hast. Aber nach einem harten Arbeitstag war es jetzt nicht leicht zu nehmen."

„Hast du Wäsche? Jetzt wo die neue Waschmaschine funktioniert und wir nicht mehr in diesen Waschsalon gehen müssen?" Es war ein wenig später, die beiden hatten einander nach dem Essen instinktiv ein bisschen Zeit allein gegeben. Claudia kam mit einem Haufen auf dem Arm aus ihrem Zimmer. „Hier. Und jetzt schau nicht drein wie ein begossener Pudel, ich bin schon wieder okay. Ich find es geil, dass du uns eine Waschmaschine gecheckt hast, da unten sitzen und blöde eine Stunde aufs Bullauge schauen, kann echt nichts." Claudia öffnete ihre Arme und drückte Annika an sich. „Ich hab dich einfach lieb, Mädel", sagte sie. „Und du willst wohl wirklich immer nur spielen." Annika fühlte sich wie ein kleines Kind, das beim Schokolade Stehlen erwischt worden war. Aber wenigstens hatte Claudia nicht mehr „Prinzesschen" gesagt. Und geil war es trotzdem gewesen, jawohl.

Spätsommer

Gudruns Geschichte

„Nein, Possenhofen, nicht Starnberg." - „Ja, ruf noch mal an, wenn du die Ankunftszeit weißt, ich hole dich vom Bahnhof ab." - „Ja, freu mich." Gudrun legte auf. Noch etwas mehr als eine Stunde, bis Claudia hier sein würde. Es war ein wunderschöner Frühherbsttag, Gudrun hatte beschlossen, den gemeinsamen Urlaub Annikas und Petras an der Adria dazu zu nützen, Annikas Mitbewohnerin näher kennenzulernen.

Als das Cabrio vor dem ziegelroten Bahnhof hielt, stand Claudia schon an der vereinbarten Stelle. „Hallo Gudrun." „Hallo Claudia, steig ein." Gudrun fuhr bewusst einen kleinen Umweg, vorbei an Schloss Possenhofen – „Ist das das Sissy-Schloss?" „Ja, hier sagten sie aber Liesl zu ihr" – bis sie schließlich in die Einfahrt des Hauses einbog. Sie verzichtete darauf, den Wagen umständlich in die Garage zu manövrieren, es würde die nächste Zeit nicht regnen.

„Wow", sagte Claudia, als sie Gudrun durch den geräumigen Flur und das große Wohnzimmer auf die Terrasse führte. „Kaffee und Kuchen?", fragte Gudrun. „Gern." „Dann entschuldige mich einen Augenblick bitte." Claudia stand auf und ging zur Brüstung, die einen seitlichen Blick auf den Starnberger See bot, der im Licht der Nachmittagssonne lag und von den weißen Tupfen der Segelboote gesprenkelt war. Sie stellte sich einen Augenblick lang vor, dass das ihr Haus wäre, Gudruns Geklapper mit dem Geschirr holte sie wieder in die Wirklichkeit zurück.

„Wunderschön hast du es hier." Kaffee war eingeschenkt, der erste Biss des Kuchens geschluckt. „Ich?", sagte Gudrun, „mir gehört hier nichts. Ich bin sozusagen Annikas Gutsverwalterin, mehr nicht." Claudia sah sie an. „Das ändert aber wohl nichts daran, wem sie das alles zu verdanken hat. Oder täusche ich mich da?" Gudrun sagte nichts, Claudia, die spürte, dass sie da eine Saite berührt hatte, ließ ihr Zeit. Sie aßen eine Zeitlang schweigend ihren Kuchen.

„Zigarette?", fragte Claudia schließlich. Gudrun überlegte, sie rauchte eigentlich nicht. „Gern", hörte sie sich selbst sagen, „ich hole nur rasch einen Aschenbecher." Es war eine Sache, sich überlegt zu haben, worüber sie hier sprechen wollte. Aber eine andere, den Schritt zu wagen. Konnte sie dieser jungen Frau trauen? Oder würde die nicht zögern, eine Kehle durchzubeißen, wenn man sie ihr darbot? Sie trat wieder auf die Terrasse. Sie würde ihrer Intuition folgen. Mal sehen.

„Es fällt mir nicht leicht, auf deine Frage zu antworten. Das ist alles sehr lange her", sagte sie schließlich. „Ich denke, jede Frau hat Dinge in ihrer Vergangenheit, an die sie sich nicht so gern erinnert. Wenn es eng wird, werden es mehr", sagte Claudia mit der größten Selbstverständlichkeit. Die beiden sahen einander eine Weile an, bis in die Tiefen ihrer Seelen. Gleichklang.

„Sei mir bitte nicht böse, dass ich das jetzt sagen muss. Ich wünsche mir, dass nichts von dem, was hier ab sofort gesprochen wird, nach außen dringt. Ohne Ausnahme, Annika kennt das meiste davon nicht." „Ich habe Annika genauso lieb wie du, und bei einem Krieg gegen dich weiß ich nicht, wer gewinnen würde. Reicht dir das?" Puh. Diese Frau war Brutalität gewohnt. „Ja. Auf Gegenseitigkeit natürlich." „Annika kennt meine Geschichte, aber danke trotzdem."

„Ich war 18, als ich Alexander kennenlernte. Es war ein Zufall, ich lernte damals in einer Lebensmittelhandlung, die das Catering für eines seiner Familienfeste ausrichtete. Ich musste dort servieren. Alexander war gerade mal 21. Ein junger Herr. Ich mache es kurz, er brauchte nur mit den Fingern zu schnippen, und er schnippte noch an diesem Abend." Gudrun sog an ihrer Zigarette. „Dein erster?", fragte Claudia nach. Gudrun war kurz irritiert, hier schien es keine Grenze der Intimität mehr zu geben. Aber wollte sie nicht reden?

„Ja, mein erster. Ich hatte zwar keine Ahnung, was ich da tat, aber es war irgendwie aufregend." Claudia lächelte. „Hätte aber schlechter kommen können." „Ja, klar. Und er wollte mich wiedersehen, wir begannen so etwas wie eine Affäre. Mein Vater schäumte, den interessierte ich zwar nicht als Mensch, aber ‚mein Ruf'. Eigentlich ging es ihm wohl um seinen eigenen Ruf." Gudrun machte eine Pause. „Er schlug mich das eine Mal zu viel. Ich sagte ihm meine Meinung und zog dann zu Alexander." „Und dein Vater?" „Schlappschwanz. Als er merkte, dass er keine Macht mehr über mich hatte, kam er auf siebensüß. Ich habe ihn ausgelacht und seitdem nicht mehr gesehen." „Da wohntet ihr schon hier?" „Nein, in Alexanders Studentenwohnung in München. Ich wusste damals nicht, was seine Familie alles besaß. Es interessierte mich auch nicht, der Sprung aus diesem unerträglichen Elternhaus in die Zivilisation reichte mir."

Claudia ließ Gudrun Zeit, zündete ihr eine neue Zigarette an. Die griff abwesend danach, schien weit weg. „Ein halbes Jahr später war ich schwanger." „Annika?" Gudrun nickte. „Absichtlich?", fragte Claudia. „Nein, aber das, was wir damals hatten, war mit dem heutigen Zeug nicht zu vergleichen. Wenn du drei Tage Durchfall hattest, war es vorbei mit dem Schutz." Claudia dachte an ihre eigene Hormonspirale und die kleinen Pillen, die ihre Mutter noch genommen hatte.

„Alexander stand vom ersten Augenblick an dazu. Was seiner Familie kein besonderes Vergnügen bereitete. Als Annika geboren war, zog er mit mir hierher. Er wollte nicht, dass sein Kind in der Stadt aufwachsen musste." „Wie ging es dir damit?" „Ich war zwar total glücklich, aber überfordert. Allein schon mit den Dimensionen hier. Manchmal geht es mir bis heute so. Die Weitläufigkeit erschreckt mich. Ich habe jetzt meinen eigenen kleinen Wohnbereich, manchmal igle ich mich da richtig ein." Gudrun schwieg eine Weile. „Und einen Säugling zu haben, ist für eine Frau auch eine Ausnahmesituation. Es war nicht nur Honigschlecken, ich war auch viel allein hier." „Hat er dich betrogen?" Gudrun schaute Claudia in die Augen. „Ich vermute, er hatte andere Frauen. Aber er hat mir nie etwas anderes versprochen. Mir war wichtig, dass er unser Kind liebte. Und das tat er."

„Die Nachricht von seinem Unfall traf mich wie ein Keulenschlag. Es war gar nicht weit von hier, auf der Autobahn am anderen Ufer. Beinahe könnte man die Stelle von hier aus sehen." Gudrun stand auf, deutete auf das graue Betonband, das sich in der Ferne am Ostufer des Sees vorbeischlängelte. „Nach dem, was ich weiß, war es Eigenverschulden. Er raste mit 200 in einen Brückenpfeiler." Claudia griff behutsam nach Gudruns Hand. Sie zitterte leicht, sie wehrte die Berührung nicht ab.

„Zum Seelischen kam das Praktische dazu. Wir lebten hier von ihm, ich hatte nicht einmal Geld, am nächsten Morgen einzukaufen. Ich war gezwungen, zu meiner Mutter zu kriechen. Sie benahm sich großartig, sie half mir über die ersten Wochen." „Und seine Familie?" „Zunächst Funkstille. Beim Begräbnis wurde ich einfach geschnitten. Nach ein paar Wochen machte ich allerdings große Augen. Ein schwarzer Wagen fuhr hier vor, ein Herr läutete. ‚Ich bin Dr. Knecht, ich habe im Auftrag der Herrschaft von Fuchsbrunn mit Ihnen zu sprechen.' Nun gut, ich bat ihn herein." „Vermutlich ging es um Kohle dafür, dass du verschwindest und keine Umstände machst?"

Gudrun ließ Claudias Hand aus. Sie brauchte eine Weile, bis sie weiter sprechen konnte. „Er redete eine Weile herum, bis ich ihn einfach fragte: ‚Was wollen Sie?' Er schien zu kapieren, dass er nervte, legte mir einen gedruckten Zettel auf den Tisch. ‚Hunderttausend Abfindung, fünfhundert Apanage für das Kind bis zur Selbsterhaltungsfähigkeit. Sie verzichten auf alle Ansprüche und sind hier in vier Wochen weg.'" Claudia pfiff durch die Zähne. „Da ging es wohl um einiges", sagte sie.

„Ich war ja nur ein einfaches Lehrmädel, hatte gerade noch meinen Abschluss gemacht, bevor Annika zur Welt kam. Aber so viel spürte ich auch. Da will jemand billig davonkommen. Ich bat ihn also um eine Woche Bedenkzeit. ‚Selbstverständlich, aber bedenken Sie auch Ihre Alternativen', riet mir der Herr Dr. Knecht." Gudrun schwieg eine Weile, Claudia entgingen nicht die Tränen, die sie mühsam unterdrückte. „Lass es raus, es reinigt", sagte sie ganz sachte zu Gudrun. „Geht schon", antwortete die. Stolz, dachte Claudia.

„Eine Woche und ein paar Ficks später wusste ich schon viel mehr." Claudia erschrak. „Warum das?" „Ich musste natürlich einen Bankmenschen aushorchen, um herauszufinden, um was es hier ging. Ich hätte nicht gewusst, wie ich das sonst machen soll." Claudia schnappte nach Luft. Sie war zwar nicht zimperlich mit sich selbst, aber die Selbstverständlichkeit, mit der Gudrun darüber sprach, traf sie unvorbereitet. „Und dann?", fragte sie nach. „Als der Herr Dr. Knecht das nächste Mal kam, sagte ich ihm kühl: ‚Ich verhandle mit Ihnen weiter, wenn Sie überall hinten eine Null anhängen. Sowohl bei der Abfindung wie bei der Apanage.' Das war wohl der Punkt, wo mich die Familie ernst zu nehmen begann."

Gudrun verschwand kurz im Wohnzimmer und kehrte mit einer Flasche Cognac zurück. „Nicht dass du denkst, ich saufe, aber das hier wühlt mich echt auf." Claudia nickte nur. „Ich hatte eine Vorstellung, dass du es nicht leicht hattest, aber …" Gudrun machte eine wegwerfende Handbewegung und nahm einen großen Schluck direkt aus der Flasche. „Ich ging also zu einem jungen Anwalt in München. Ich war sehr offen zu ihm, schilderte ihm die Situation, sagte ihm, dass ich keinerlei Geld habe und, naja" Gudrun wischte sich ein paar Tränen aus dem Gesicht „bot mich ihm nicht viel anders an als eine Hure." „Und er griff zu?", fragte Claudia. Gudrun schüttelte den Kopf.

„Nein, der war einer der anständigsten Menschen, die ich je getroffen habe. ‚Du gefällst mir, Mädel‘, sagte er zu mir. ‚Aber nicht auf diese Art. Jetzt kümmern wir uns erst mal um deine Angelegenheiten, diese Pfeffersäcke kommen mir gerade recht. Du schuldest mir nichts dafür, wenn wir nicht gewinnen. Aber das werden wir.‘“

„Und?“, fragte Claudia. „Das Ergebnis siehst du hier. Es dauerte über ein Jahr, es war schmutzig, aber wir haben gewonnen. Also eigentlich Annika, mir gehört hier nichts. Ich erspare dir die Details. Und kaum war das ausgestanden, noch der Kampf mit dem Pflegschaftsgericht. Dabei ging es um mein Wohnrecht und die Erhaltung des Hauses aus dem Vermögen. Aber ja, wir haben auch das geschafft.“ „Und dein Anwalt?“ „Das Leben ist kein Groschenroman“, antwortete Gudrun. „Er bekam natürlich, was ihm zustand. Ich ihn aber nicht. Er hat sich während der Zeit verliebt, geheiratet und ein Kind bekommen.“

Die beiden Frauen schwiegen minutenlang. „Hast du je mit jemandem über diese Dinge gesprochen?“ „Nein, meine Mutter hätte ich damit überfordert, und sonst kam niemand in Frage.“ „Und wie hast du das ausgehalten, all die Jahre?“, fragte Claudia schließlich. Gudrun sah sie an. „Du hast keine Kinder, Mädchen, sonst würdest du das nicht fragen.“ Gudrun schwieg eine lange Weile, plötzlich ging ein Ruck durch ihren Körper. Sie nahm Claudia einfach in die Arme. „Ich danke dir, dass du zugehört und verstanden hast. Aber jetzt genug von der Vergangenheit. Ich habe Hunger, komm, du bist mein Gast.“

Es war schon später Abend, als die beiden nach einem Abendessen in einem der besten Restaurants der Gegend wieder ins Haus zurückkehrten. „Wenn du möchtest, darf ich dich einladen, über Nacht hier zu bleiben, es ist schon spät“, sagte Gudrun zu Claudia. Die Atmosphäre zwischen den beiden änderte sich schlagartig. Claudia stand nicht sonderlich auf Frauen, aber sie spürte deutlich, dass das mehr eine Bitte war, nicht eine Einladung. Außerdem machte sie diese unglaublich schöne und starke Frau neugierig. „Gern", sagte sie. „Na dann komm bitte mit." Damit führte sie Claudia ins Haus und in ihren eigenen persönlichen Bereich. An der Türe zu ihrem sehr feminin eingerichteten Schlafzimmer blieb sie stehen. „Oder möchtest du lieber …?" Statt einer Antwort fühlte sie Claudias Lippen unendlich zart auf den ihren.

Schwestern

„Und jetzt?", fragte Annika, als sie bei dem hübschen Kellner die Rechnung bezahlt hatte. Sie saß mit Petra auf der Terrasse eines Restaurants an der Strandpromenade von Lignano Sabbiadoro. Die beiden hatten den Tag mehr oder weniger am Strand verschlafen und jetzt neben einem exzellenten Abendessen auch schon eine Flasche Wein und zwei Gläser Likör intus, die ihnen der hübsche Kellner noch zur Rechnung spendiert hatte. „Weiß nicht. Was wär mit ficken?", fragte Petra zurück. Annika verdrehte erst die Augen. „Bessere Ideen?", fragte Petra nach. Nun gut, das auch wieder nicht.

„Und wo nehmen wir die Schwänze dazu her?", fragte sie daher nach. Petra sah sie interessiert an. „Sag erst, ob du das ernst meinst, Sis." Annika wurde ein wenig rot. „Ja, warum nicht?", fragte sie dann. „Wegen Paul?" Annika musste lachen. „Der wäre der geringste Grund." Petra wartete eine Weile. „Also gut. Wenn du willst, check ich uns das. Keine große Sache." Annika schaute Petra entgeistert an, sie hatte das so beiläufig gesagt, wie wenn sie noch zwei Eis kaufen gehen wollten. Was hatte die vor? „Okay, bin dabei", sagte sie. Sie war jetzt echt neugierig, was passieren würde.

Es war erschütternd primitiv. Sie gingen ein paar hundert Meter den Strand entlang bis zu einer Bar, in der einigermaßen ansprechende Musik spielte. „Viel Spaß. Mädels", sagte der Türsteher mit unverkennbar sächsischem Akzent. Bella Italia, aha. An der Bar waren noch zwei Plätze frei. „Pina Colada", sagte Petra und zeigte dazu zwei Finger. Als die Drinks vor ihnen standen, sagte Petra einfach: „Du zeig jetzt ein bisserl, was du hast, du hast das geilere Fahrgestell von uns zwei. Ich mach das mit dem Blickkontakt." Pfft. Annika lehnte sich ein wenig auf dem Barhocker zurück, überschlug ihre Beine und begann durch den Srohhalm am Pina Colada zu nuckeln. Petra brauchte keine fünf Minuten, zwei akzeptable Burschen anzulocken. „Ich bin Kai, das ist mein Freund Uwe, und wer seid ihr beiden Süßen?" Gab es hier nur Deutsche, fragte sich Annika. Egal. Würde passen. „Meine Schwester Annika. Ich bin Petra." „Dürfen wir euch einladen?" „Immer", sagte Petra und auch ihr Mini rutschte jetzt ein Stück höher.

Bald wussten sie, dass die beiden aus Wuppertal waren und hier zu zweit urlaubten. Irgendwie gab es nicht viel mehr zu reden, Kai zahlte die Drinks. „Wollt ihr noch woanders hin?" „Wir sind schon besoffen genug", sagte Petra einfach. „Wollt ihr losen, oder dürfen wir aussuchen?"

Die Frage stellte sich allerdings nicht mehr, Annika flirtete schon ein wenig mit Uwe, damit war die Sache klar. Petra überließ Annika das Zimmer, das sie gebucht hatten. „Schlüssel bitte", sagte Kai zu Uwe, dann war er mit Petra auch schon weg. „Anbrennen lasst ihr zwei aber nichts", sagte Uwe zu Annika. „Sollten wir?" „Nö, keine Beschwerde. Wohin soll's gehen?" „Da lang. Glaub ich. Fürs Logistische ist eigentlich die Sis zuständig."

Sie fand das kleine Hotel dann doch recht rasch. Der Moment, wo die beiden einander im Zimmer gegenüber standen, zog sich in die Länge. Im entscheidenden Augenblick kriegen es die Männer immer mit der Angst, stellte Annika einmal mehr fest. „Okay, wenn ich dich berühre?", fragte sie daher einfach. Das brach irgendwie das Eis. „Auf Gegenseitigkeit." Immerhin, keine ganz schlechte Antwort. Sie legte ihm zärtlich die Arme um den Hals und bot ihm die Lippen zum Kuss an.

Der Abendfick war wegen zu viel Alkohol mau, aber am nächsten Morgen zeigte Uwe dann, was er konnte. Annika, die begonnen hatte, ihre Erlebnisse zu klassifizieren, ordnete ihn unter „sehr okay" ein, was einer Zwei auf ihrer Schulnotenskala entsprach. Die beiden gingen dann noch gemeinsam frühstücken. „Seid ihr heute Abend noch da?", fragte Uwe zum Abschied. „Ja, aber was hat das mit dir zu tun?", fragte Annika zurück. Uwe sah sie verwirrt an. „Hat es dir nicht gefallen?" „Doch, aber der Aufriss war Teil des Spiels." Annika war nicht sicher, ob Uwe verstand, was sie meinte, aber er verstand, dass es keine Wiederholung geben würde. „Na dann, ciao Annika, und danke." Sie winkte ihm noch und schob sich die Sonnenbrille auf die Nase. „Noch einen Espresso", orderte sie, als der Kellner abservierte, „und hast du Zigaretten?"

Petra kam eine halbe Stunde später auf die Terrasse. „Morgen Sis." „Morgen. Und?" Annika sah sie erwartungsvoll an. „Darüber spricht man nicht, Sis", sagte Petra, bestellte sich einen Caffè Latte und zwei Croissants mit reichlich Haselnusscreme. Aha. Eine weitere halbe Stunde später hatte Petra endlich ihr Frühstück zelebriert. „Und jetzt?", fragte Annika. „Nein, nicht schon wieder", gab Petra schlagfertig zurück. „Erst mal Strand."

Der Morgen danach

Am nächsten Morgen hatte sich Gudrun merklich wieder eingependelt. Bei einem langen, ausgiebigen Frühstück erfuhr sie auch Claudias Geschichte, die sie allerdings nicht sonderlich überraschte. „Und Annika hat das alles so einfach hingenommen?", fragte Gudrun schließlich.

„Annika mag es nicht, wenn ich sie Prinzessin nenne. Aber Annika ist so etwas wie eine Prinzessin. Die ruht so stark in sich, dass sie kaum etwas wirklich berührt. Also, sie ist empathisch, aber sie trennt konsequent zwischen ihrer und der sonstigen Welt." Gudrun hörte aufmerksam zu. „Auch beim Sex. Annika probiert Dinge aus, entscheidet, was sie mag und was nicht, aber du hast bei ihr immer den Eindruck, es gibt nichts, was sie mit einer gründlichen Dusche nicht abwaschen könnte. Sie hat ihre Seele immer ganz fest bei sich." Gudrun brauchte eine Weile, das zu verdauen. Sich ihr Kind als sexuelles Wesen vorzustellen, bereitete ihr ohnehin Unbehagen. Und das Bild, das Claudia zeichnete, war ihr doch ein wenig hart und schonungslos. Vor allem, weil sie sich gut vorstellen konnte, dass Claudia nicht ganz falsch lag.

„Was führt ihr dort eigentlich für eine Beziehung. Oder Beziehungen?", fragte sie schließlich doch nach. Claudia zögerte keine Sekunde. „Ich würde es einen offenen Vierer mit den beiden Jungs nennen. Es ist, was es ist, aber zumindest keine Eifersüchteleien und kein Versteckspiel." Tja, was hatte sie auch gefragt.

„Aber sag: Eines würde mich noch interessieren. Wie bist du eigentlich an diesen Zeitungsjob gekommen, mit einer kaufmännischen Lehre?" Gudrun seufzte, es wurde ihr langsam ein wenig zu viel. „Zufall", sagte sie ein wenig ausweichend. „Eine Affäre mit einem leitenden Redakteur zur richtigen Zeit." Claudia wusste, wann es genug war, sie nickte nur und schwieg. Sie konnte sich den Rest recht gut ausmalen. Doch Gudrun sprach weiter: „Es war wie so oft: Reinkommen war das eigentliche Thema. Gut sein und aufsteigen war dann einfach Ausdauer und Ehrgeiz."

Die beiden unternahmen am Nachmittag noch einen langen Spaziergang über die Hügel oberhalb des Sees. Schließlich erfuhr Claudia auch noch die Geschichte von Petra und Tarek. „Nenn es Schwäche. Als alles vorbei war, überredete mich meine Mama, mit ihr und Annika einfach zwei Wochen ans Meer zu fahren. Mama übernahm die Abende, bekniete mich fast, unter Menschen zu gehen. Ich wusste erst nicht einmal, was mit mir anfangen. Tarek sprach mich vor einer Disco an, vor der ich unschlüssig stand." Gudrun schwieg wieder eine

Weile: „Weißt du, es ist schmerzlich, wenn man über sein eigenes Kind sagen muss, ich war zu dumm zu verhüten. Ich liebe Petra über alles und möchte sie nicht missen. Aber mehr gibt es zum ‚Warum' nicht zu sagen." Die beiden schwiegen den Rest des Weges.

„Ich bringe dich noch zur Bahn", sagte Gudrun schließlich, nachdem die beiden zu Abend gegessen hatten. Gudrun begleitete Claudia auf den Bahnsteig. „Es war traumhaft schön, aber belassen wir es dabei", sagte sie noch sehr leise, als der Zug schon einfuhr. Claudia gab ihr noch einen letzten Kuss auf den Mund und stieg dann rasch ein. Sie brauchte nicht einmal bis Starnberg, um sich vor Augen zu halten: Eine Affäre mit Annikas Mutter war das letzte, was sie momentan brauchen konnte. Sie straffte den Rücken, als der Schaffner kam und sie bemerkte, dass sie keine Fahrkarte gekauft hatte. „Können wir das irgendwie aus der Welt schaffen?", flirtete sie den Mann gewohnheitsmäßig an. „8 Euro 70, aber ich nehme kein Bargeld", sagte der nur gelangweilt. Er verstand nicht, dass Claudia irre lachen musste, als sie mit ihrer Geldkarte bezahlte.

Abnabelung

Beim Notar

„Ja gut und schön, aber warum macht der Kollege das nicht fertig, der Ihnen das geschrieben hat?" Annika saß jetzt schon länger als eine halbe Stunde vor dem Schreibtisch eines betulichen, älteren Herrn in tadellosem Nadelstreif-Dreiteiler. Eigentlich hatte sie nur gebeten, ihr eigenhändig geschriebenes Testament für sie im Testamentsregister abzulegen, eine Dienstleistung, die Notare gegen eine Pauschalgebühr durchführten, soweit sie sich informiert hatte. Der Herr hatte es stattdessen für notwendig befunden, sie persönlich zu empfangen, sie mit allerhand Fragen dazu traktiert und sich eifrig Notizen gemacht.

„Ich denke, es ist an der Zeit, ein paar Dinge klarzustellen", sagte Annika schließlich. „Erstens habe ich Sie lediglich gebeten, mein Testament ins öffentliche Register eintragen zu lassen. Ich werde für dieses Gespräch, zu dem Sie mich im Rahmen dieses Auftrages gebeten haben, nicht extra bezahlen. Und zweitens …" Annika nutzte die Pause, die sie zum Atemholen brauchte, dem Notar genau ins Gesicht zu schauen. „Zweitens habe ich das mit meinem Wissen aus dem Proseminar Zivilrecht selbst daheim am Küchentisch geschrieben. Können wir hier jetzt langsam zu einem Ende kommen?"

Der Notar rang um Fassung. Er brauchte eine Weile, um zu antworten: „Aber gnädige Frau, hier geht es doch um erhebliche Werte, ich dachte …" Weiter kam er nicht. „Die Problematik stellt sich nicht wesentlich anders dar, als wenn ich nur einen Hunderter zu vererben hätte. Ich wollte je nachdem, ob ich Kinder hinterlasse oder nicht, zwischen meinen Hinterbliebenen ein faires und lebbares Gleichgewicht schaffen. Den Rest müssen sich diese ohnehin selber ausmachen. Sind Sie in der

Lage, meinen Auftrag jetzt auszuführen, oder muss ich mir tatsächlich einen Kollegen suchen?"

Der Notar schwieg eine Weile. Der Entwurf faszinierte ihn in seiner schlichten Klarheit, seit er ihn das erste Mal in Händen gehalten hatte. Wenn er ehrlich zu sich selbst war: Er hätte ihr um einen fünfstelligen Betrag wohl 20 Seiten verkauft, es wäre aber inhaltlich auf dasselbe hinausgelaufen wie diese paar glasklaren, dichten Sätze. „Wie Sie wünschen, gnädige Frau", antwortete er. „Aufgrund des testierten Volumens beträgt die tarifliche Gebühr 350 Euro. Wenn Sie mir bitte noch dieses Formular unterschreiben, dass Sie bei der Übergabe auf Beratung ausdrücklich verzichtet haben?" Annika unterschrieb.

„Damit darf ich mich von Ihnen verabschieden. Wenn Sie einmal substanziellere Dienstleistungen benötigen, stehe ich Ihnen gerne auch dafür zur Verfügung." „Davon bin ich überzeugt, ich habe ja jetzt Ihre Anschrift." Annika stand auf. „Danke für Ihre heutigen Bemühungen." „Bitte gern, wenn Sie draußen noch bezahlen würden, bekommen Sie gleich die entsprechenden Durchschriften." „Guten Tag", sagte Annika und ging, ohne die angebotene Hand zu nehmen.

Es amüsierte sie allerdings, dass die Sekretärin, die wohl mitgehört hatte, während des ganzen Bezahlvorganges damit kämpfte, ihr Lachen zu unterdrücken. Sie schien überhaupt recht sympathisch. „Ciao", sagte Annika zu ihr. „Mir ist es ja gleich, aber lass dich nicht mehr so offensichtlich beim Zuhören erwischen." Das Lachen gefror der jungen Frau in der Kehle, sie lief puterrot an. „Verzeihung, gnädige Frau", stammelte sie noch, „und auch Ihnen noch einen guten Tag."

Annika fühlte sich unglaublich leicht und frei, als sie aus dem Haustor wieder auf die Straße trat. Es war ein sonniger, kühler Herbsttag. Die Uni würde heute ohne sie auskommen müssen. Sie erwog kurz, sich in eines der Cafés zu setzen, sie würde wohl nicht lang allein sein. Doch wozu der Aufwand? Sie

nahm stattdessen ihr Mobiltelefon zur Hand. „Hallo Paul." –
„Was glaubst du?" – „Blitzmerker." – „Ja gut, dann bei dir.
Halbe Stunde." Sie steckte das Telefon wieder ein und schlen-
derte zum nächsten U-Bahnhof. Das Leben war schon geil,
fand sie.

Bei Susanne

Susanne erschrak fast, als Annika Anfang Oktober wieder bei
ihr vorsprach. Das Mädchenhafte, das Unsichere, aber auch das
Unschuldige: Das war plötzlich alles weg, hier kam eine junge
erwachsene Frau zur Türe herein. „Hallo Susanne", grüßte sie
einfach. „Hallo Annika, setz dich doch und erzähl mir, wie es
dir geht", antwortete Susanne.

„Mir geht es gut, das mit der Wohnung läuft hervorragend, das
Semester hat gut begonnen, und ich habe auch eine Menge
über mich selber gelernt." Susanne schaute sie forschend an.
„Möchtest du mir etwas darüber erzählen?", fragte sie nach.
Wie sie erwartet hatte, reagierte Annika distanziert. „Ich will
dich nicht mit meinen Erfahrungen und kleinen Dummheiten
langweilen. In Summe hat es mich viel mehr weitergebracht,
als die kleinen Rückschläge wehgetan haben." Susanne erwog
kurz, noch einmal nachzufassen, ließ es aber dann. Annika hatte offenbar kein Bedürfnis, darüber zu reden, und medizinische
Notwendigkeit zur Abklärung bestand wohl nicht.

„Wie ging es dir weiter mit den Hormonen?" „Kein Problem,
und ich gewöhne mich daran, nicht mehr von meinem Zyklus
geplagt zu werden." „Okay, wir haben im Wesentlichen drei
Optionen ..." Schließlich entschied sich Annika, auch auf
Empfehlung Claudias, für die Hormonspirale. „Können wir das
gleich erledigen?", fragte sie nach. „Natürlich. Ich kann sie dir
gleich im Zuge der Kontrolluntersuchung einsetzen. Das ist
eine Routinesache." Annika nickte. „Wollen wir?"

Susanne beobachtete sie, wie sie sich hinter dem Paravent auszog, dann vollkommen unbefangen zum Gyn-Stuhl ging. Susanne bemerkte, dass Annika total rasiert war, erwähnte es aber nicht. Sie fand diese Mode zwar aus medizinischer Sicht nicht ideal, aber auch nicht mehr als das. Die Untersuchung dauerte nur ein paar Minuten, das Einsetzen noch einmal so lange. „Hast du ein unangenehmes Gefühl?", fragte Susanne nach. „Druck, Ziehen, irgendetwas in der Richtung?" „Nein, ich spüre sie nicht einmal." „Gut, dann sind wir hier für heute fertig." Susanne wartete, bis Annika wieder angezogen war.

„Kann ich sonst noch etwas für dich tun?", fragte sie. Annika überlegte. „Nein, ich möchte nur die Gelegenheit nützen, mich bei dir für die Begleitung durch das letzte halbe Jahr zu bedanken. Du hast viel dazu beigetragen, mir die Sicherheit zu geben, die ich dringend brauchte." Susanne war ein wenig verwirrt, ließ sich aber nichts anmerken. Wollte Annika nicht wiederkommen? „Ich würde dich gern in 14 Tagen noch einmal sehen und den korrekten Sitz kontrollieren. Kannst du das noch einrichten?" Jetzt schaute Annika verwirrt. „Tut mir leid, ich habe mich da missverständlich ausgedrückt. Ich habe nicht die Absicht, die Ärztin zu wechseln. Aber ich habe gerade das Gefühl, dass meine Mädchenzeit endgültig vorbei ist. Darum der Dank an dich."

Susanne bewunderte in diesem Augenblick die Reflektiertheit, die sie da vor sich hatte. Sie hatte in ihrer Praxis diese Metamorphose schon öfter miterlebt, aber weder in diesem Tempo, noch mit einem solchen Grad von Bewusstsein. „Wenn ich helfen konnte", lächelte sie. „Und ich begleite dich auch als junge Frau gern weiter, wenn du das möchtest. Und wenn das du nicht mehr passt ..." Annika schmunzelte. „Doch, das passt gut. Ich mache Begegnungen auf Augenhöhe nicht am Sie fest." Susanne stand auf. „Ich wünsche dir alles Gute, Anna gibt dir noch den Kontrolltermin. Und: Frau zu sein ist mindes tens so spannend wie Mädchen." Annika lachte, winkte ihr und verließ unbeschwert das Sprechzimmer.

Claudias Entscheidung

Claudia war jetzt schon einige Wochen nicht mehr in der Wohnung aufgetaucht. „Bin in Hamburg", hatte sie eine kurze nichtssagende Message geschickt, aber das war auch schon wieder eine Weile her. Annika schaute daher überrascht von ihrer Arbeit auf, als sie plötzlich und unvermittelt das Türschloss hörte. Kurz darauf schaute Claudia bei ihr rein. „Verliebt", war Annikas erster Eindruck. „Hallo Prinzesschen", begrüßte sie Claudia. „Hallo Rumtreiberin, ist dir doch wieder eingefallen, wo du wohnst?" Annika stand auf und umarmte ihre Mitbewohnerin. „Kaffee? Und dann erzähl mal ausgiebig, mit ‚Hamburg' geb ich mich jetzt nicht zufrieden."

Claudia legte ihre Überkleidung ab, stellte den kleinen Koffer in ihr Zimmer und folgte Annika in die Küche. Annika bereitete in Ruhe zwei Kaffee zu und setzte sich dann zu Claudia an den Küchentisch. „Also, was ist jetzt so spannend an Hamburg, dass du gleich das Semester schmeißt?"

„Tu ich das? – Hmm, wahrscheinlich ja. Aber ich hab Neuigkeiten." „Okay, wie heißt er und wie sieht er aus?" Claudia schmollte, war das wirklich so offensichtlich? Sie kramte schließlich ihr Mobiltelefon heraus. „Er heißt Eike." Sie zeigte Annika ein paar Bilder. Okay, fand sie, zumindest wenn man auf etwas ältere Nordlichter stand. Nicht, wovon sie selbst träumte. „Und was außer einen Schwanz hat er noch zu bieten?", fragte Annika etwas frech nach.

„Okay, das war jetzt fürs Prinzesschen, aber jetzt sind wir dann quitt", antwortete Claudia gut gelaunt. „Gut, aber erzähl endlich." „Also gut, er ist Immobilienmakler im Großraum Hamburg. Und er würde mich als Verkaufsleiterin in seinem Büro einsetzen. Er meint, meine sprachliche Begabung zusammen

mit meinem Blick für Innenarchitektur würde mich dafür prä-
destinieren. Kataloge machen, Verkaufsgespräche führen, mit
den Kunden Einrichtung planen, sowas halt." „Mit Familienan-
schluss vermutlich", antwortete Annika trocken. Claudia ignorierte die Spitze. „Er selbst hat ein geiles Haus direkt an der
Nordsee, du musst uns da unbedingt mal besuchen kommen.
Irre." Sie flippte auf ihrem Mobiltelefon herum und zeigte Annika ein paar mehr Bilder.

Sie flippte versehentlich ein paarmal zu weit und konnte nicht
mehr verhindern, dass Annika auch ein paar Bilder von ihr
selbst in sehr spärlichen Dessous im Kreise einiger Herren zu
sehen bekam. „Das gehört dazu, oder ist das extra?", fragte Annika. Claudia schaute eine Weile zu Boden. „Gehört dazu",
sagte sie dann einfach. „Bei Hütten um satt siebenstellig
brauchst du manchmal ein bisschen Extraargumente." „Und ihn
stört das nicht, diesen Eike?", frage Annika nach. „Kann er
sich nicht leisten. Seine Hütte ist auf Pump, er muss sehen,
dass er zu Umsatz kommt."

„Und das ist es wert, dein Studium aufzugeben?" „Wenn ich
mit meiner Mama darüber reden wollte, täte ich das. Es ist
mein Leben." Puh, touché, dachte Annika. „Sorry, ich wollte
dir nicht zu nahe kommen. Ja, es ist dein Leben." „Stell dich
mal acht Stunden in so eine Burgerbude. Noch zwei Jahre so?
Nö. Und, ganz blöde bin ich auch nicht. Ich mach das gegen
Beteiligung an Firma und Gewinn. Dass das nicht ewig halten
muss, weiß ich selber, aber bis dahin ist's geil, und so mir-nix-
dir-nix wird er mich zumindest geschäftlich nicht los."

Annika sah Claudia eine Weile an. Ja, das war ein Entschluss.
„Ich wünsch dir viel Glück und dass dir alles aufgeht, was du
dir wünscht", sagte sie daher nur. „Wie lange bleibst du noch
in München?" „Jahreswechsel", sagte Claudia. „Aber jetzt genug davon. Hast du die Burschen derweil bei Laune gehalten?"
Annika sah Claudia belustigt an. „Geht so, warum fragst du?"
„Party heute abend?", fragte sie, und plötzlich war da wieder

die alte Claudia. Verliebt, aha. „Warum nicht, lang bitten werden wir die zwei nicht müssen", gab Annika verschmitzt zurück. Sie neigte selbst dazu, auf regelmäßigen Sex einfach zu vergessen, wenn sie allein war und viel anderes zu tun hatte. Gut, dass sie jemand erinnerte, fand sie.

Essen mit Mama

„Ist etwas Besonderes, Kind?" Gudrun setzte sich, nachdem der Kellner sie an den Tisch geführt hatte, an dem Annika schon wartete. Sie konnte sich nicht erinnern, dass Annika je das Bedürfnis gehabt hatte, sich mit ihr zum Mittagessen zu treffen, seit sie in München studierte. „Hallo erst mal, Mama. Mit dir essen ist immer etwas Besonderes." Gudrun mochte es zwar nicht, wenn sie Annika beim Vornamen nannte, aber wenn sie Mama sagte, dann war da etwas im Busch. Hatte es etwas mit Annikas flotter neuer Frisur zu tun? „Schicker Haarschnitt. Aber der ist nicht von unserer Renate?" „Nein, Zeit sich von manchem Hergebrachten zu trennen. Der Salon ist gleich bei uns, Melek ist eine sehr engagierte junge Meisterin, hat den Laden erst ein halbes Jahr. Ich mag sie sehr gern." Gudrun wartete ab.

„Ist doch wunderschön hier." Es war ein kalter, aber sonnenklarer Tag, das Restaurant lag im obersten Stock eines Bürohochhauses, man konnte von ihrem Platz aus über das südliche München bis zu den Alpen sehen. Gudrun sah ein, dass sie da wohl durch musste, ihr Kind zelebrierte das jetzt. „Gut, essen wir erst mal", antwortete sie. Zwanzig Jahre mit ihren Mädchen hatten sie gelehrt, ein Thema einfach wegzuschieben und den Augenblick zu genießen. Ein Blick reichte, und der Ober brachte eilfertig die Speisekarten.

Zwischendurch nutzte Gudrun einen Toilettengang, um sich für den Rest des Tages im Büro abzumelden. Annika wollte irgend etwas, und bei „ich muss aber" wollte sie sich auf keinen Fall erwischen lassen. Es gab Wichtigeres als diese elende Redaktionskonferenz, die konnte ihr Stellvertreter genauso gut leiten. Ihn würden halt eher die Damen als die Herren auf die Palme zu bringen versuchen. Tja.

Schließlich waren sie beim Kaffee angelangt. Annika wusste haargenau, wie lange sie die Geduld ihrer Mutter strapazieren konnte. „Also, ich habe ein wenig nachgedacht. Ich würde mir wünschen, dass wir die gemeinsame Haushaltskasse auflösen, soweit es mich betrifft. Ich denke, das passt nicht mehr." Ok, dachte Gudrun, aber das ist wohl mehr die Eröffnung. „Ja gut, wenn du glaubst. Ich werde dir deinen Anteil halt dann als Alimente überweisen." Wenn Gudrun ein freundliches „Danke, aber nicht notwendig" erwartet hatte, lag sie falsch. „Danke, Mami. Müssen wir die Betriebskosten dafür ein wenig anpassen?" Gudrun dachte nach, sie hatte in Wirklichkeit keine Ahnung, es ging sich alles immer irgendwie gut aus. „Sage ich dir noch, aber auf keinen Fall dramatisch."

Annika wartete eine Weile. „Claudia zieht übrigens mit Jahresende aus." Ok, man kam der Sache näher. „Geh schade, ihr hattet euch doch gerade erst so nett eingerichtet." Gudrun war verwirrt. Wenn Annika zu ihr zurückkommen würde, wozu dann der Akt mit dem Haushaltskonto? „Ja, für sie auf jeden Fall", sagte Annika unbekümmert. „Ich habe dann einfach mehr Platz." Ah, Ok. Damit verstand sie auch das mit den Alimenten, Annika wollte ihr Vermögen wohl nicht ausgeben, als ob es kein Morgen gäbe. „Das heißt, du behältst dir die Wohnung? Suchst du dir wieder wen?" „Ja, ich behalte sie. Aber nein, ich wüsste nicht, wen."

„Na ich dachte, vielleicht einen deiner Liebhaber?" „Mami, ich vögle, wenn es mir Spaß macht, aber ich habe keine Liebhaber." Gudrun blickte instinktiv um sich, es schien niemand mitbekommen zu haben. Annikas Augen blitzten. „Pardon, aber das Unwort wolltest du ja nicht mehr hören." Gudrun schaffte es nicht ganz, ihr Unbehagen vor Annika zu verbergen. Die bemerkte das, ihr Ausdruck wechselte augenblicklich. „Entschuldige, Mami, ich wusste nicht, dass dich das so berührt." Gudrun sah sie an. „Können wir noch ein Stück gehen? Ich möchte mit dir reden, aber nicht hier." „Klar. Zahlen bitte." Gudrun schaute fasziniert zu, wie souverän und beiläufig ihr Kind das schon drauf hatte. Warum fühlte sie dann diesen Schmerz in ihrer Brust?

Eine Weile schlenderten sie einfach durch die Fußgängerzone. „Darf ich auch einmal über meine Gefühle reden?", fragte Gudrun. „Ich werde nichts von dir verlangen, aber ich bitte dich, mich anzuhören." Annika wurde aufmerksam, was wurde das? „Gern, Mami." „Ich mache mir ein wenig Gedanken. Du hast wohl sehr schnell entdeckt, wie das Spiel mit dem funktioniert, was wir gemeinhin so Liebe nennen. Möchtest du mir ein bisschen darüber erzählen?" Ok, doch keine Moralpredigt. Würde ein wenig herausfordernder werden. „Lass mich vielleicht so beginnen. Ich habe einmal etwas erlebt, von dem ich dachte, dass es Liebe ist. Nun, das ist vorbei. Ich bin halt draufgekommen, dass man sich auch so gut amüsieren kann. Was ich im Internat gelernt habe, konnte ich dafür allerdings nicht besonders gut brauchen. Momentan habe ich Sex, keine Liebe." Gudrun schwieg eine lange Weile. Zum ersten Mal wurde ihr bewusst, dass ihre damalige Entscheidung, Annika von Tarek zu trennen und ins Internat zu stecken, auch Folgen hatte, die sie nicht vorhergesehen hatte.

„Hast du eigentlich keine Angst, dabei Schaden zu nehmen? Rein körperlich, meine ich, oder auch seelisch?" Annika überlegte wieder eine Weile. Es ging ihre Mutter zwar nichts an, aber was das Körperliche betraf, verstand sie, warum sie sich ohne ausreichende Information Sorgen machte. „Diese Ärztin, die du mir da empfohlen hast, war sehr hilfreich. Sowohl, was Verhütung, als auch was Prävention von Krankheiten betrifft." Sie setzte Gudrun kurz auseinander, was ihr Susanne empfohlen hatte. Gudrun machte sich eine mentale Notiz, sie musste sich wohl wirklich auch eine neue Ärztin suchen. Die Pille und das ständige Abwägen zwischen Gummis und Vertrauen nervte sie ohnehin.

„Danke, dass du so offen warst. Und seelisch? Wie geht es dir seelisch damit?" Gudrun merkte in diesem Augenblick, dass die Frage sinnlos gewesen war. Annika bemühte sich, aber sie verstand nicht. Es war genau so, wie Claudia gesagt hatte. Schließlich blieb sie stehen, nahm Annikas Hand, blickte ihrer Tochter tief in die Augen. „Ich unfrage diese Frage, meine kleine Prinzessin." Ein fast unmerklicher Gegendruck bestätigte ihr, dass Annika wenigstens diese Bemerkung in all ihren Dimensionen verstanden hatte.

„Magst du dir vielleicht mit mir noch die Escher-Ausstellung ansehen, Gudrun? Ich wollte schon länger, und jetzt wären wir gerade da." Uff. Gudrun sagte sich rasch ihr Mantra vor: Warum sollte es einfach sein? „Gern", sagte sie. Annika schien sich ehrlich darüber zu freuen. „Na dann komm. Du gehörst zu den wenigen Menschen, die kapieren, worum es da geht." Ja, danke auch. Psychotherapie Ende. Jetzt halt Kunstgeschichte. Mamis können das. Oder tun halt so. Mit der richtigen Wegschiebetechnik klappte es dann auch ganz gut.

Im Leben ankommen

Der letzte Tag des Jahres, vier Uhr Nachmittag. Es war schon dunkel auf den Straßen, dicke Schneeflocken fielen. Annika saß in ihrem Zimmer, ließ Claudia freie Bahn, ihre letzten Sachen zu packen. Schließlich klopfte die an Annikas Zimmertüre.

„Fertig?" „Ja, fertig. Zeit, Lebewohl zu sagen." „Wie kommst du nach Hamburg?" „Flugzeug." Es erschreckte Annika immer noch, wie wenig Claudia zu besitzen schien, sie hatte nicht mehr als einen Koffer und eine große Reisetasche. „Achja", sagte Annika und drückte Claudia ein Kuvert in die Hand. „Deine Kaution. Ich behalte ja deine Möbel, von daher …"

„Danke", sagte Claudia. „Und danke, dass du mir die leider nicht allzu lange Zeit eine treue Freundin warst. Ich weiß, dass das nicht selbstverständlich ist." „Und ich danke dir, dass du mich auf einem Weg begleitet hast, der für mich persönlich sehr wichtig war: dem Weg vom Mädchen zur Frau. Auch ich weiß, dass das nicht selbstverständlich ist." „Ciao." „Ciao." Beide wussten, dass das wohl endgültig war. Die Distanz und die unterschiedlichen Lebensentwürfe würden weiteren Kontakt unwahrscheinlich machen. „Claudia? Vergiss den hier nicht." Annika lief rasch ins Wohnzimmer und drückte ihr noch Petras Hausgeist in die Hand. „Oh, Danke." Ein letzter Kuss auf die Wange, dann war Claudia weg.

Annika griff nach ihrem Mobiltelefon. „Ja, Annika Krader, eine Lieferung für heute Abend." – „Was heißt hier unmöglich? Ich bin die Tochter von Gudrun Krader von der FMZ, ich denke, Sie werden es möglich machen können?" – „Gut, also …" Die Lieferung kam zwei Stunden später. Annika hatte sich mittlerweile fein angezogen und sich Zeit genommen, den Tisch im Wohnzimmer hochzustellen, ein Tischtuch aufzulegen und fein aufzudecken. Das mehrgängige Menü war in passenden Behältern sehr ansprechend verpackt, sie stellte nur die warmen Speisen warm und das Dessert in den Kühlschrank. Sie nahm sich Zeit, den Wein zu dekantieren und in ihrem Musikdienst dezente Hintergrundmusik auszuwählen, die das Wohnzimmer angenehm ausfüllte.

„Prost, Annika", sprach sie in den leeren Raum und nahm einen Schluck von dem exzellenten Bordeaux, den sie bestellt hatte. „Und Mahlzeit." Sie würde die Silvesternacht allein verbringen, doch in diesem Augenblick genoss sie das überwältigende Gefühl, endlich allein über ihr kleines Reich verfügen zu können. Es störte sie nicht, dass sie hinausgehen und die Krabbensuppe selbst holen musste.

Annika war in diesem Augenblick ganz in ihrem eigenen Leben angekommen.

Weitere Bücher von Marion Marksmeisje …

Der zweite Band der Annika-Reihe

Marion Marksmeisje, Annika – Ferien im Swingercamp

BoD 2021, ISBN: 9783754345726

Marion Marksmeisje, Hotwife, Cuckold, Kurtisane

BoD 2021, ISBN: 9783754333969

Nicht nur für Frauen

15 Erotische Geschichten,
gemeinsam oder allein zu lesen

Marion Marksmeisje

Marion Marksmeisje, Nicht nur für Frauen

BoD 2019, ISBN: 9783735787439